考古者说

郑嘉励——

著

GUANGXI NORMAL UNIVERSITY PRESS
广西师范大学出版社

·桂林·

考古者说
KAOGUZHE SHUO

图书在版编目（CIP）数据

考古者说 / 郑嘉励著. --桂林：广西师范大学出
版社，2020.4（2020.11 重印）
　ISBN 978-7-5598-2678-7

Ⅰ．①考… Ⅱ．①郑… Ⅲ．①随笔－作品集－
中国－当代 Ⅳ．①I267.1

中国版本图书馆 CIP 数据核字（2020）第 041606 号

广西师范大学出版社出版发行

（广西桂林市五里店路 9 号　邮政编码：541004　）
　网址：http://www.bbtpress.com
出版人：黄轩庄
全国新华书店经销
广西民族印刷包装集团有限公司印刷
（南宁市高新区高新三路 1 号　邮政编码：530007）
开本：787 mm × 1 092 mm　1/32
印张：10.5　　字数：170 千
2020 年 4 月第 1 版　　2020 年 11 月第 3 次印刷
印数：10 001~13 000 册　　定价：58.00 元

目　录

第三编：读城

第四编：格物

自序

我是一名考古工作者，自 1995 年供职于浙江省文物考古研究所，至今不曾跳槽，更无缘改行。

文物考古工作是"属地管理"的性质，我的田野考古实践只局限于浙江境内。

以文字出现为界，人类社会大略可分为史前时期和历史时期。与此相应，考古亦分作史前、历史时期考古两大部分：前者探索文字诞生以前的人类社会，据说旧石器、新石器时代占据了人类历史的 99% 以上；历史时期考古，可粗分为夏商周、汉唐、宋元明考古等，年代越早，史料越少，三皇五帝时代无书可读，夏商周的历史主要就靠考古来建设，过去考古界的行话"古不考三代以下"，是说年代越晚近，史料越丰富，考古工作于历史重建的重要性，恰与史料的丰富程度成反比。很不幸，我从事的宋元明考古，如你所知，该时段与中古、三代最大的不同，正是文献记载的高度发达，只顾挖土，而不读书，是行不通的。

按工作性质的差异，田野考古又可分为两类：一是主动性考古发掘，即为解决特定学术目标而主动开展的工作，比如1999年我参加的寺龙口越窑遗址发掘，初衷就为了建立唐宋越窑青瓷的分期和编年；二是配合基本建设的抢救性考古发掘，高速公路通往哪里，铁路建至何方，开发区的大工程，均可能涉及地下埋藏的古遗址、古墓葬，于是到处救火，赶在公路通车、项目竣工以前将文物抢救出来。我的考古经历，十之八九，属于后者。

配合基建的抢救性发掘，工期紧迫，流动性大，从消极方面来说，主动权并不操之在我，难以有较为重大、系统的考古发现；往积极面说，这些年我去过许多地方，游历颇广，心得亦多。2000年以前，浙江基本建设的规模尚小，每年至多参加一二个考古项目，每个考古队甚至配备有三五个正式的业务干部。自从进入新世纪，社会大发展，我每年都有好几个项目，最忙碌的时候，一年甚至负责过七个考古项目。项目多，人手少，考古队通常由我独挑大梁，带领一二技工，也就是长期从事考古发掘实际工作的农民或临时工，四处出击，八方救火——在丽水、温州、金华、衢州、湖州、嘉兴的乡下野外，少则待数月，多则半年以上，租住老乡民房，像极了庄稼汉，日出而作，日落而歇，与农民工同进共出，生活在日新月异的新时代和遥远渺茫的古代之间的缝隙中，战斗于经济建设和文物保护的最前线，俯仰天地，穿越古今，叩问工作的价值与生命的意义。第一线的考古领队，面对的事务，考虑的问题，绝非书斋里的读书人所能想象。从考古项目的申报、青苗损失的补偿、民工工资的谈判、与老乡的相处、与工程建设方的工期协商、工作人员的后勤保障、考古发掘记录的业务本身到后期的文物保护，每个环节，事必躬亲，至少都要妥善处理。这些过程很磨人，应付裕如的考古领队，想必可以胜任乡镇干部、街道办事处主任的岗位。

当然，我志不在当乡镇干部，考古人的底子是读书人，高尚其名，还是"读万卷书，行万里路"的人。我有个习惯，每到一个新地方，集中阅读当地的方志、文物志和古籍，若以每年去两三个地方计算，二十年下来，即使读书再囫囵，积累也必可观——所以，我常常自诩，考古工作者可能是当下与土地贴得最近、最有"人民性"的人文学者群体之一。然而，放眼海内，当今的人文学者，就数考古学者的文字最枯燥乏味，这是我至今不能明白的事。

传统的考古工作者，大概只写三种文章：一是考古报告，客观报道古遗址、墓葬的发现，甚至可以不需要个人观点；二是学术论文，对古遗址、墓葬和出土文物的具体问题，有理有据地发表个人观点；如果还有余力，把考古发现和学术观点，以通俗的语言介绍给更多人，这就是第三类的科普文章。

然而，我在田野中的见闻，在阅读时的感想，对社会、对人生、对历史、对世味的体悟，却不能装进前面提到的三种文体中。所以，这些"额外"的生活就逐渐形成了第四种文体。十多年前，我在杭州本地的报纸上开专栏，后来又在《瞭望东方周刊》上接着开。我非专业作家，亦非书斋里博览群书的学者，从一开始，就有意识地寻找写作的扬长避短之道，自忖无法在文采、学术上胜于人，只好努力从田野考古的第一手生活中取材。所谓"读万卷书，行万里路"，读书，指引我在田野中发现问题；行路，确保我写出别人笔下所没有的文字。

考古人强调田野中的直接经验，自是职业本色。我只在浙江从事宋元考古工作，具体的实践必受局限。不必说作论文，便是写杂文，我也从来不敢写到浙江以外的地方，不敢涉及唐代以前的事物。田野考古工作者的身份，似乎限定了我的思维，我的实践扎根于土地，写作也必须扎根于此。该身份有其坏处，偏安一隅，束缚视野，但也有其好处，田野实践确保我思想的新鲜度和题材的唯一性。我的文字是"唯一"的，因为主持南宋吕祖谦家族墓地调查、在浙南山区组织文物普查、整理《南宋徐谓礼文书》的生活是唯一的。学者的文字，多数是从话语中产生话语，从文本中产生文本，鸡生蛋，蛋生鸡，子子孙孙永宝用。而我扎根于田野，努力从常人的经验出发，思考古人的知识问题，从田野而非书本出发生产新知识和新趣味。这才是考古工作者应该坚守并追求的美德。

说起来，考古的工作对象，包罗万象，上至天文，下至地理，包括古人生活、生产中的一切，然而高度概括起来，则不出四大类：古墓葬；古遗址，就历史时期而言，主要是城市考古；手工业遗存，在浙江，主要指越窑、龙泉窑等瓷窑址考古；另有至今尚存于地面上的摩崖碑刻和历史建筑，以明清以降的乡土建筑为主。

本书收录的文章，多为围绕以上四类对象的写作，共分四编。第一编"寻墓"，是古代墓葬题材的写作，关于浙江宋墓的调查与研究，是我较有心得的部分，如果我们不太忌讳，古墓葬是个极有思想张力的意象，连接着生与死，存在与虚无，过去、现在与未来，程式化的墓葬背后，更有庞大的观念世界，无尽的生死悲欢，真正一部大书；第二编"语石"，是围绕古代摩崖碑刻的写作，搜罗浙江出土宋元墓志是我的业务工作之一，整理古人遗物，要求客观公正，然而人非草木，读得多了，不免有些额外的感慨，不吐不快，貌似有点稀薄的学术性，内里则是文艺性的；第三编"读城"，是围绕城市考古的写作，2015年以后，我的工作重心逐渐由宋代墓葬转向唐宋城市考古，工作中的想法，一时无法写成考古报告或论文，便先写成杂文的格式；第四编"格物"，是考古行旅或个人日常生活中的所见所闻所感，多以古物为由头，个别篇章出以"科普"的面貌，实仍为第一人称的抒情遣怀。

以上分类只是聊备一格，个别篇目容或界限暧昧，难以截然归类。然而，这组文字终归有其共性，即以说古代物事为主，且多取材于本人的直接生活经验，将田野、读书、考古、历史、个人情感、生活体验，整合起来，煮一锅百味杂陈的文字。杂文虽小，也要尽量呈现个人完整的喜怒哀乐，是我一贯的追求。

这组文字，有的写于十年前，有的成文于前不久。十年来，个人的趣味和思想多有改变，但我始终想做成一件事，即证明文物保护和考古工作，与我们的日常生活和生命体验密切相关。考古是人民的事业——文物承载着历史文化，是我们生活的家乡或城市的灵魂，凝结着无数代人的创造和情感。假如这组散漫的文字存在共同的主题，那就是考古与我们的情感、趣味和思想有关，保护文物就是保护我们自身的生活环境。这也许可算我至今未敢全忘的初心吧。

书稿完成后，依照惯例，本该向名家求序，以高身价，遂请《读库》编辑张立宪（老六）老师赐序。老六说，"不要找人写序，不论是我，还是其他什么人。做一本只属于自己的干干净净的书。书中最好都是自己的文字，他人的意见，只能在书本之外呈现"。

我从善如流，故自序如上。

郑嘉励

庚子孟春于老家

第一编

寻

墓

上班就是上坟

在广阔的田野，古墓葬是常见的文物。不消说，为配合高速公路、铁路建设的抢救性考古发掘，汉唐宋明墓葬总是最常遭遇的地下文物。大半因为分工需要，小半出于兴趣使然，我的考古工作对象，多半是些宋明时期的墓葬。

2014年，我在武义明招山调查南宋吕祖谦家族墓地。宋室南渡后，自吕祖谦的曾祖父吕好问葬身明招山以后，"东莱吕氏"五代家族成员，悉数聚葬于此，从南宋初到元代，延续了一百五六十年。

青山绿谷之间，到底埋有多少墓，墓主人分别是谁，位次怎样安排，史上著名的东莱吕氏家族如何规划墓地，我每日都在思考。上班下班，我总会面对大大小小的坟墓。我写过一篇《吕祖谦墓》的文章，里头说到"我这考古工作吧，上班就是上坟"，略带自嘲之意，整体而言，还算是对工作的客观描述。

后来，"上班就是上坟"这句话，脱离了具体的文本，在虚拟的网络空间传播，很多朋友以为我是个"段子手"。我发誓，这绝对是误会，从第一天开始，我就是严肃的、真诚的传播者。当我发掘一座古墓，它连接着八百年乃至上千年以前的过去，墓主人曾经和你我一样都是有血有肉，拥有喜怒哀乐、悲欢离合的人。而今天，眼前的这座古墓即将被建设中的高速公路碾压摧毁，而公路通往的地方，名叫未来。

我，一个考古工作者，在今天和古代之间的缝隙中生活，在经济建设和文物保护的前沿阵地工作，在科学和人文的两头摇摆——我对古墓葬的记录和讲述，调子自然是深沉的，怎么可能会是娱乐化的段子手呢。

以下的文字，就是围绕古墓的写作，许多篇章貌似有点稀薄的学术性，实为第一人称的抒情遣怀，内里却是文艺性的。它们的文体模糊，无法分类，不是学术，不像文艺，也许什么都不是。

唯一可以肯定的是，以下故事，全部来自我在田野的生活、工作经验。我只是努力将考古、历史、读书、工作经历、生活体悟和个人情感，整合起来，煮一锅五味杂陈的文字。

吕祖谦墓

吕祖谦（1137—1181），浙江金华人，人称"东莱先生"，是曾经与朱熹、张栻齐名的南宋大儒，与之并称"东南三贤"，卒后谥"成"，后世也称吕成公。这是"百度"可以解决的问题，点到为止。

吕祖谦墓，在武义县明招山。武义距离金华，感觉很远，其实还好。我的房东老陈，家住明招山下。当年他的父亲，挑着担子，步行至金华城内卖小猪，凌晨三点出门，星夜兼程，往返来回，晚上十点就可以到家。我估摸着，当年吕祖谦出殡之日，发自金华，八九个钟头，即可抵达明招山。

我这考古工作吧，上班也就等于上坟，每天都能见到吕祖谦。如今的吕祖谦墓，是20世纪90年代重建的，面貌去古已远，就地表的墓园所见，与晚清民国的坟墓没有什么两样。以我长期调查浙江宋墓的阅历，对此是有发言权的。当然，大家都是"向前看"的人，谁会真的在乎宋朝与清朝的区别呢。

很多人以为文物保护是近代才有的观念，并不完全对。像吕祖谦这种级别的历史文化名人，在金华就是"乡贤"，在武义则为"寓贤"，他的故居或坟墓，通常会受到所在地官府的妥善保护。

尤其是坟墓，更要郑重登记在册，纳入金华府和武义县的"防护录"，由官府出资，雇人看护。墓地附近，大凡砍伐、动土之类的活动，一律禁绝。今日所谓"国家级文物保护单位"的待遇，也不过如此。

时迁岁久，风吹日晒，坟墓不免毁圮，需要不时维修。与今日不同的是，古人的文物维修并无"修旧如旧""不改变文物原状"的理念，每重修一次，必失真一等，多个回合下来，终至于面目全非。据我所知，清雍正年间，武义知县主持修过一回，今日尚存的"吕祖谦墓碑"就是当年重立的。清光绪十二年（1886），金华知府陈文騄，会同武义的县官和乡绅、东阳的吕氏后裔，又大修过一回，终于将吕墓"装潢"成今日可见的模样，距离南宋旧貌已远，古意全无。

我们不得不说，这是文物保护的"古不如今"之处。然而，过去的知府、县官、学官，每逢清明、冬至或其他日子，带领乡绅随从，不时莅临明招山，上坟致意。如此这般的文物保护宣传力度，又是"今不如昔"之处。

至晚在明代，吕祖谦墓前已建起祠堂五间、东西庑六间，里头陈列着很多不同时期、各级官员上坟时的"祭文"碑。人们以碑文的形式，纷纷表达对先贤的缅怀与敬仰。

晚清民国以降，这种盛况已不复见。光绪十二年（1886）的那回重修，是吕祖谦墓历史上的最后一次重建。接下来的日子，迎接它的将是毁灭。

20世纪50年代以来，开山耕地挖一回，大炼钢铁砍一回。当年的农民穷啊，盖不起砖瓦房，纷纷上山挖砖头、撬石板，再毁一回。素面的砖头、石板用来建造房子，据说刻字的石头不吉利，只配用来铺设水渠，或者砌筑猪圈。不几年，吕祖谦墓的地表痕迹，荡然无存。

距离今日重建的吕祖谦墓约200米处，有一通半截残碑，仆于化粪池的旁边。这是吕祖谦墓附近唯一一存世的真正的古物。这通残碑在《正德武义县志》中有全文著录，原来是明正德十四年（1519），浙江提刑按察司副使刘瑞在武义视学，特意前来上坟时所撰的《告东莱先生吕成公墓文》，其文曰：

> 刘瑞敢昭告于宋东莱先生吕成公之墓曰：呜呼！宋乾淳间，道学名世者，唯考亭（朱熹）、南轩（张栻）二夫子，公独友之，往复讲劘而下上其议论，有古丽

泽之风焉。故德业之盛，匹前休，范来世，卓乎远矣！瑞视学东郡，夙怀仰高，过公之神道而奠焉，礼也。唯公鉴之。

这段文字比较生涩，不读也不要紧。

王坟

楠溪江中游，山川奇秀。这片山谷间，有一座宋墓，石人石马石牌坊，从山脚排起，直抵坟前。墓主人名叫朱直清，南宋绍定二年（1229）登进士第，从此宦海浮沉。当他于宝祐五年（1257）去世的时候，官至朝请郎、知抚州。

这样的仕宦履历，只算平常，但他的坟墓，在当地被称为"王坟"。

王坟是俗称，大凡石像森然、排场够大的古墓，民间多半统称为"王坟"。嘉兴、湖州地区，有很多名叫"王坟"或"王坟头"的村庄。桐乡有个王坟头，是明代大官的坟墓；湖州埭溪镇风车口水库所在，也曾叫"王坟"，据说是宋孝宗生父赵子偁的墓地。

朱直清的坟墓，占地不小，称为王坟，也说得过去。王坟下方的村庄，至今仍为朱氏聚居之地，他们是朱直清的后裔族人。

2001年，朱氏族人重修过王坟，排场较前愈加恢宏，把出土的墓志，也镶嵌到了墓面上。

《朱直清墓志》字迹清晰、品相完好，简单介绍了他的生平，最后说他葬于当地的"吕公山祖茔之侧"，即葬在祖坟的附近，所谓"之侧"，就是附近的意思。至于多近算近，多远算远，则无一定之规。

我并非信口开河。武义县东南宋徐谓礼墓，因为出土徐谓礼文书轰动一时，按其墓志说是葬于"祖垅之侧"。其实，徐谓礼墓附近并无其他同期墓葬，他的父亲徐邦宪葬在武义县城西郊的壶山，两者相距约五里之遥，竟然也说是"祖垅之侧"。

朱直清墓附近，确实还有几座古墓，面貌颇古。只是南宋距今已远，不见到墓碑和白纸黑字，墓主人的身份不好说，朱家人也不敢肯定这就是他们家的祖坟。至于《朱直清墓志》说葬于"吕公山"，朱氏坟山，为何名叫吕公山，没人说得清。

这时候，当地的吕氏家族正在各地寻找他们的祖坟。

吕氏一族财力雄厚，访祖坟、修族谱、建祠堂、寻祖归宗的愿望特别强烈。

吕氏族人根据他们收藏的《吕氏族谱》的指引，来到吕公山，见到朱直清墓附近果然有两座古墓，果断宣布，这就是他们吕家的始祖墓了。据《吕氏族谱》记载，晚唐乱世，吕氏先人从中原跑到楠溪江，卒葬于此，故山名吕公山。

故事靠谱与否，那是另外的问题。朱氏听吕氏引经据典，言之凿凿，一时竟也提不出反驳的意见。

吕氏占了上风，决定趁热打铁，将疑似祖坟办成"铁案"，于是雇佣几名当地的朱家人，把古墓发掘一下，找点证据。

朱家人挖呀挖呀，咣当，果然挖到墓碑，一看，原来是朱直清爷爷奶奶的坟墓。故事讲到这里，本来可以结束了。《朱直清墓志》"葬于吕公山祖茔之侧"的说法没有错，这就是南宋朱氏家族的墓地，与吕氏无关。

可是那几个人有自家的小算盘，他们想啊，辛辛苦苦，工作这么多天，若把真相告诉雇主，万一雇主恼了，不发工钱，岂不白忙一场？于是，他们把墓碑往草丛里一埋，竟然把话反过来了，说，这就是吕氏祖坟。

　　吕氏大喜过望，认祖归宗，锣鼓喧天，鞭炮齐鸣。后来，更是通过当地文物部门，把"唐代吕氏祖坟"公布为县级文物保护单位，从法律层面确立了"既定"事实。

　　吕氏欢天喜地，按下不表。只可怜了参与挖掘的朱家人，他们确实领到了工钱，却从此生活在自责之中。吕氏越高调，他们越自责，每逢小病小灾，即痛感愧对祖先，罪孽深重。

　　终于，他们选择站了出来，将草丛中的墓碑重新翻出，并为自己的行为深刻忏悔。一时间，舆论哗然。朱氏族人重新团结起来，纷纷要求吕氏退回强占的祖坟，并要求县文物部门变更文物的性质与名称。

　　这些年来，吕氏为"祖坟"倾注过无数的心血，凝聚家族的物质载体，哪肯说还就还；文物保护单位是政府公布的，哪能说改就改。直到现在，朱吕两家仍然相持不下，我写这篇文章，不知道该说什么好。

两处墓地

　　2009年，我在浙东某县发掘一处古代墓地。茶山上，古墓葬密集，多为战国西汉的土坑墓、东汉六朝的砖室墓。

无论土坑墓，还是砖室墓，近二十年来，均曾遭盗掘，随葬品残缺不全。盗墓贼掏洞下去，地下作业，黑灯瞎火，再高明的小偷，多少会留下点东西。但是，这片墓地不同，干干净净，墓底犹如扫把扫过。有一座战国土坑墓，盗洞密布，墓坑壁上，还留有清晰的抓斗痕迹，这是挖土机作业的证据。

读过《鬼吹灯》的人，认为盗墓很神奇。其实，千百年来，这基本上是个手工活，"无他，惟手熟尔"，从未实现机械化。今天，有用挖土机盗墓的，一步跨越了手工业时代，听说过吗？没关系，我见过。

我在那里工作了三个月，发掘了几十座墓，出土的古物，一塌刮子装不了一麻袋。其中，一件陶器，有口有底，是用胶水粘补的，身上千疮百孔，像万箭穿过。

我没有抱怨。两手空空，工作量少了很多，乐得轻松。听同事说，他们那边收获颇丰，文物大量出土。我一点也不羡慕，我这边也是大量出土，只出泥土。

朋友们一定知道，这里的修辞叫作反讽。这片墓地是千年前的古墓，全是"无主坟"，清明节没有子孙认领。坟墓是古人的，换句话说，也就是别人家的，没人心疼。

2005年之前，我曾到浙南某县考察一处宋代或宋以后的墓地。当地的某姓家族，根据族谱指引，据说发现了传说中的唐代始迁祖的坟墓。据族谱上说，他们的祖先曾经出将入相，名头很大。

当地宗族观念很强，热心人准备予以妥善保护，并吁请政府公布为文物保护单位。因为这件事，我去那里，老乡热情招待，不在话下。

我看了现场，地表的墓面装饰是南宋或稍晚期的风格。读了族谱，老乡所谓在朝中任官的祖先，完全不见于两唐书的记载。我说："这种规格的大官，正史中应该多少有点记载，这不是我们可以单方面声称的；墓面雕梁画栋的风格，可能早不到唐代，浙江的唐墓，无此先例；当然，地表部分后世可以不时重修，地下的墓室，看不到，不能排除唐墓的可能性；至于墓主人是不是就是那位大官，不见文字材料，不好说。"

我认为，我的说法天衣无缝，简直可让巨石点头。可是，老乡不乐意，说这是他们踏破铁鞋觅得的始迁祖墓，大家认祖归宗的愿望十分强烈，请我务必再研究研究。

我怎么说呢，绕来绕去，还是前头的那些话。后来，大概有点不耐烦，语气稍嫌生硬。

　　回到杭州后，听说老乡们对此很不高兴，到处宣传，说省里来的不是专家，是个草包。我很生气，心想，反正我没有见过这样的唐墓，我的同事也一样。

　　我没有抱怨。这件事过去多年，我觉得这次经历，是一种历练。

　　朋友们一定知道，这种态度叫作反省。老百姓认祖归宗的朴素情感，真诚可感。在原则与尊重之间，我本可以做得更好些。假如我的书生气冒犯了他们，我愿意在这边道歉，当然决不在专业方面。

　　在一处墓地，看到了现代人对于古人的贪婪与无情；在另一处墓地，看到了现代人对古人的怀念与温情。而我呢，游走于两边，像个多愁善感的诗人，"东边日出西边雨，道是无晴却有晴"。

葛府

　　葛府，是浙江金华东阳市南马镇下辖的行政村。今日的葛府，其实并无葛姓居民。

　　葛府的得名，是因为南宋时期这里出过一位高官——

葛洪。

葛洪（1152—1237），与晋朝的炼丹家同名而不齐名。南宋的葛洪，名气小很多。一个人的名声，通常不是因为他做过多大的官，而是因为他做过多大的事。

这话有点唐突，毕竟葛洪是正史有传的人物。

《宋史·葛洪传》是一篇七百余字的短文。他是吕祖谦的弟子，进士出身，南宋理宗朝官至参知政事，约相当于如今的国务院副总理。在传记中，看不到葛洪的具体作为，只是对"文恬武嬉"以及帝君沉湎女色的时局发表了不同看法。种种议论，反响良好，一则"帝嘉纳之"，一则"世多称之"。葛洪卒后，谥"端献"。

这是那年头道学家的标准做派，永远说正确的话。元代修《宋史》的史臣称其"守正不阿"，足见其名声不错。

葛洪生于斯、长于斯的地方，即其"府上"，所以他的家乡就叫葛府。与葛洪差不多同时代，东阳有个更大的官——乔行简，他的家乡就叫乔府。

东阳流传有葛太师、乔太师的民间故事。在老百姓眼中，人臣之极就是"太师"，豪宅之极便是"府"。今天的乔府，也没有乔行简的子孙。当地有种古老的说法，说是"一人当官七代善"，子孙有出息，那是祖辈世代积德积善的结果。这句话竟也可以说成"一人当官七代绝"，一个人生前官居宰执，官位太显赫，耗尽了子孙的福报，结果，后人功名不显，人丁不旺。

民间言论，诛心若此，大概是想以"惜福"的道理规劝世人：一个人、一个家族拥有的福分是恒定的，年轻时快活，老了就要吃苦，因为人生的幸福、痛苦都是恒定的，故而要"惜福"，好东西必须珍惜。这当然是唯心的说法，事实上，大凡登上天子堂的高官，只要名声不至于太坏，在本地的方志中一律被称为"乡贤"。这是通乎古今的惯例，人人热爱桑梓，乐意为之增色添香。

今日之葛府，地面已无南宋痕迹。我更感兴趣的，是埋于葛府青山下的绵延十华里的窑址。2008年，我发掘了其中的一条龙窑，该窑出产北宋青瓷，制作精良，面貌接近同期的越窑。只因为东阳隶属金华地区，属于古婺州，人们习惯称其为"婺州窑"。

工作余暇，对葛府窑址进行全面调查，就我所见，这片规模庞大的窑区，多为北宋遗址，个别或可晚至南宋初或稍晚。

烧窑，是古人常见的手工副业。然而，乡老对葛府窑址有别样的说法，自然，与乡贤葛太师有关。

话说葛太师是个忠臣。你知道的，忠臣与奸臣，汉贼不两立。奸臣的小算盘，就是陷害忠良。洁身自好的葛太师，决定辞官返乡，教书育人之余，家事国事天下事事事关心。可是，奸臣哪肯饶过他，一路兵马，从临安城出发，杀将过来。

葛太师倒是处之泰然，他的老乡可不干，于是想出个好办法——烧窑，家家户户烧窑，一共七十二条窑，同时开烧。奸臣在杭州凤凰山上，遥望东南方向，只见火光冲天，葛府失火了，火势那么旺，想必忠臣已葬身火海。好好好，天助我也，讨伐忠臣，不必劳烦王师了。

任何人都能读出故事的破绽。在考古学家看来，最大的"罩门"，莫过于葛府窑址的年代与葛洪生活的年代毫无瓜葛。

任何人都能读出故事的用意——对古代乡贤的曲意颂扬。很多历史，就是这样形成的。

葛洪并无太多著名的遗产传世。他的《蟠室老人文集》残本，藏于东阳市博物馆，这本书在宋史专家的眼里也算冷僻。《全宋诗》《全宋词》里头或许存有他的篇章，但你知道的，大凡翻箱倒柜才能找到的材料，通常史料价值大于艺术价值，要不，什么价值也没有。

葛洪有一通书札，藏于台北故宫博物院。2010年，台北故宫博物院举办"文艺绍兴：南宋艺术与文化特展"。我在台北，欲一睹葛太师法书风采，遍寻不着。朋友的答复是，南宋的名人、精品实在太多，最终割爱了，尽管他的官衔很大。

葛洪的墓葬，在今天葛府附近五凤山的宝山寺旁。这座古寺院，想必是葛太师的坟寺——南宋勋臣高官，墓地附近通常有专设的坟寺。荒冢一堆，"太师坟"被野草湮没，可能还经历过盗掘，正前方建有一座高大的民房，挡住了可能照进的一丝阳光。

石像生

宁波鄞州区东钱湖畔，山清水秀。南宋时期，这里人物辈出，史浩、史弥远、史嵩之，一门三丞相，这些书上都有记载。史氏家族，煊赫一时，"满朝文武，半出史门"的说法，也不算夸张。这不是在"百家讲坛"做报告，就不从古书上贩故事了。

青山有幸。大人物身后，多半葬身于这片湖光山色之间。

八百年过去，当年的豪墓，渐次毁圮，只留下众多的石人石马，陈列于荒烟蔓草之间，见证着当年的体面与辉煌。

石人石马，是俗称，指墓前神道上的石刻，还可以叫翁仲，是雅称。我决定以"石像生"来称呼它们，因为这是个雅俗共赏的名字。尽管我知道，雅俗共赏绝不可能办到，好比我的这篇杂文，最理想的结果不过是，俗人不至于打呵欠，雅人不至于摇头而已。

现在，石像生多半脱离了原位，被集中保存在一个名叫"南宋石刻公园"的广场上，基本上成了"石人排队"。这不太好，今天我写这篇文章的时候，也试图将这些石像生恢复到原来的历史场景中。

想当年，豪墓甫落成，异常气派，一片好风水，就像今天见到的这样。墓前长长的神道，陈列着各色石像。诸如前述位极人臣的人物，石像生的基本配伍是这样的：石羊、石虎、石马、武将、文臣各一对，自前而后，依次伫立于神道两侧，面对面站着。

有人说，排头兵石羊代表"孝"，老二石虎代表"节"，老三石马代表"义"，老四武将代表"勇"，副班长文臣代表"忠"。孝、节、义、勇、忠，几乎囊括了人世间一切美德。而我们的墓主人住在神道的末端，当然是道德的全能冠军，那叫古今完人。

但我说，石像生具体的姿态，比抽象的道德更有说头。前头的石羊，是跪着的；石虎，是蹲着的；石马，四脚落地站着；武将、文臣，双腿直立着，诚惶诚恐。史浩祖父史诏的墓葬，在文臣的后面，还摆了一对石椅子，太师椅造型，写实的，据说可以借此研究宋代家具。这石椅子，作什么用？我猜想，是让墓主人的灵魂在上面坐着的，舒展又大方。神道后头不远处就是墓室了，我们的墓主人正在里头躺着，这才是真正雍容华贵、一劳永逸的姿势。

说完姿态，再说表情。

山羊，从来老实温顺，这里的石羊也不例外。考虑到山羊一贯好脾气，不忍心说它了。

老虎，相貌堂堂，生性剽悍。可是，这边的石虎满面春风，与其说是猛虎，不如说是病猫。

马，是我喜爱的动物，一抹残阳如血，马儿立在战死沙场的主人身旁，缱绻不肯离去，这是何等悲壮的场面。别做梦了，眼前的石马不是这样的，脑袋低垂，目光柔顺，全无威武骁勇的样子。

武将，头戴兜鍪，身披盔甲，宝剑横腰，却丝毫没有人们景仰的悲壮神情。这一身装束，与温和恭顺的气质，全不匹配。

文臣呢，更不用说了。看他们峨冠博带、温文儒雅、笑容可掬的模样，不晓得是读了多少年圣贤书习来的修养。

唐代人说："人臣墓前有石羊、石虎、石人、石柱之属，皆所以表饰坟垄，如生前之像仪卫耳。"石像生是走在前头的仪仗队，狠角色总要压轴出场，墓主人躺在他们的后头呢。在这个较量"郁郁乎文哉"的舞台上，石像生只是铺垫，并非对手。

我猜想，我们的墓主人生前一定是这样的：表面上，很儒雅，与人你侬我侬，一团和气。至于他们暗地里做什么，无人知晓。据说史弥远扶植宋理宗当皇帝，很曲折、很"权谋"；据后世的小道消息，史弥远与宋宁宗的杨皇后眉来眼去，很暧昧、很香艳。至于具体情况，我不太清楚，且让"讲坛"上的老师与我们说说"宋朝那些事儿"。

盗墓笔记

古人尚厚葬，盗墓如同其他百般国粹，古已有之。据说，曹操曾经亲自组织盗墓，所以安排自己的后事，考虑格外周详。田野工作者较书斋里的学者更有心得，此为一例。

无论曹操的那些事儿是真是假，他充其量只能算半个"业内人士"。古往今来，有更多"专业"的盗墓者，各有千秋，千姿百态。

多数的盗墓贼，做贼心虚。比如西汉广川王刘去疾生性贪婪，盗掘战国魏王子墓，见到尸体裸体仰卧，面容虽死犹生，吓得半死，仓皇逃脱。

没有金刚钻，别揽瓷器活，汉广川王胆子小，成不了事。如今无所畏惧的人，讲科学，讲方法，不惧鬼神，只怕电警棍与牢房。他们的工作方式是，有人放哨，有人作业，分工明确，"持之以恒"，通常夜间作业，不达目标不罢休。

古人之中，也有胆识过人的。比如山西大同的北魏冯太后永固陵，在金代屡遭盗掘，墓壁上留有金代正隆、大定年间的多条题记。盗墓贼将宝物洗劫一空，竟然引以为傲，闲庭信步，在墓内题词留念。

古人的闲情雅致，今人多有不及，但论胆识气魄，则丝毫不让古人。现在有的地方，这厢国家的考古队正在发掘，那厢就有人公开盗墓，贯彻"敌进我退，敌退我进"的战术，终于发现考古队员无外乎"面朝黄土背朝天"，跟自己一样没花头，手中的锄头又不是冲锋枪，索性就不怕。

多数的盗墓贼，肆意毁坏古物。西晋武帝时的不准（人名）最具传奇色彩。他从战国时期魏襄王冢获得两部失传已久的文献《竹书纪年》和《穆天子传》，嫌弃墓室内光线太暗，燃取竹简以照明。今日这两本书的断编残简，据说有些就是他一把火烧的。

古人的低级错误，于今看来实在愚蠢。光线暗，可以携带家用电器——手电筒嘛。我曾在空空荡荡的古墓内，见过手电筒、方便面、二锅头、矿泉水瓶，至于还有些什么，朋友们不妨大胆猜，只要说来顺口即可。传统的手工作业太低效，那就定向爆破，要不，开一台挖土机上阵的，也不是没见过。

有些人只讲实用，不问是非，津津乐道于盗墓贼的神奇与贡献。实在举不出多少例子，就老拿洛阳铲说事。如今考古工作者使用的探铲，是盗墓贼的发明，便捷实用，在考古调查、勘探时大有用场。可是，在科技发展日新月异的今天，南方土层较薄的地方，直接改用钢筋插，遇到有砖头的地方就是古墓，简单快捷，这才是因地制宜、与时俱进的技术。

多数的盗墓贼，唯利是图。这无须举例，凡被盗之墓总是遍地狼藉，金玉重器不翼而飞，坛坛罐罐砸碎一地。

古人很庸俗，只识黄金白玉。现代人有品位，坛坛罐罐、陶俑偶人也有"历史价值、科学价值、艺术价值"。三大价值，电视上的"专家"都说烂了，我不爱听，不就是多少钱嘛，何必弯弯绕绕兜圈子。现在的被盗之墓，墓底犹如扫把打扫过，干干净净，因为"专家"们说，所有的古物都有价值，实实在在的价值。

这么说话，有欠公平，其实从来不乏风雅的人。比如，宋徽宗是公认的好古的雅人，大力弘扬传统文化，为搜集三代吉金，鼓励地方探宝、下僚献宝、专家鉴宝。盗墓的风气，如同瘟疫般蔓延，纵然有心师古，人心却早已不古。

金庸小说《笑傲江湖》中的曲长老，倒是真风雅，他爱琴如命，感叹嵇康《广陵散》之未能流传，一心想发掘晋前擅琴名人的坟墓。有志者，事竟成，掘过数十个古墓后，他终于在东汉蔡邕的墓中，寻得此曲。可惜，这种真名士，本身就是《广陵散》，只会在小说中出现。

义冢

据《至元嘉禾志》记载，南宋时期的海盐县，濒临大海，风浪过后，常有溺毙的尸体乘潮而来，暴露海滨。海盐知县李直养是个仁慈的人，遂于境内的荡山建起公共墓地，方圆约五亩，四周围以土墙，其内葬有一百四十六个自海上漂来的无名氏。由于行政区划的改变，海盐县荡山，今为平湖市乍浦镇的汤山。前些年，我在乍浦发掘一处西汉墓地，特意前往汤山调查，可惜已找不到文献中记载的南宋义冢。

县官公务之余，悲天悯人，当然是仁人君了的用心。这种简易的公共墓地，就叫义冢。

李直养的善行义举，并非首创。妥善埋葬暴毙的路人，是我们民族优秀的文化传统。北宋徽宗朝，国家已有完善的"漏泽园"制度。漏泽园就是公共慈善墓地，用以收殓无主的尸体或无力安葬的穷人。河南三门峡的陕州漏泽园，经过考古发掘，墓地成片分布，大小土坑至少上千个。每个土坑埋一个陶罐，陶罐里装有尸骨，尸骨旁随葬一块刻字的砖头，记录墓葬编号、入葬经过、下葬时间、经办人等信息。如果对死者的生前状况有所了解，也顺带提及死者的简况。

南宋时期，浙江很多地方有类似的墓地。比如台州漏泽园，位于城郊的寺院附近，占地三十亩，缭以围墙，由僧侣、民众守护。

古籍中的例子很多，可惜我从未见过。我有个梦想，希望能在浙江境内找到宋代漏泽园遗址，然而陵谷变迁，古今将相在何方尚且不知，更何况流离失所的穷苦人。

明清义冢，我听过不少，也见过一些。清咸丰十年（1860），海宁长安镇的居民，在太平天国战乱中伤亡无数，共计男尸两千余具，女尸七百余具。当地乡绅出资建成两座义冢，集中土葬，男女分开，左侧的坟前树立"庚申殉难诸义士之墓"碑，右边的坟冢曰"庚申殉难诸烈妇之墓"。

杭州临安区的乡下，尚有不少清代义冢，形式多样。临安区锦城街道的"大罗义冢"建于道光年间，是以石板构筑的六边形的塔状建筑，正面镌刻"义冢"二字，旁嵌一碑，叙述建造原委，详列捐助名单。背后开有方孔，用来投放尸骨。透过方孔，可见里头以石板隔为两穴，左穴瘗藏男性尸骨，右穴是女性的。有的义冢标示"男左女右"字样，字迹醒目，大概为了避免骨殖混杂，乱了男女大防。

不必多举例。义冢是古代城乡常见的慈善行为，通常由官府、乡绅发起，瘗埋老无所依的穷人流民。这样的善人，各地族谱中所在多有，明嘉靖年间，丽水景宁县渤海镇的陈鎏，经营银矿致富后，在家乡热心建造祠堂、义塾、义冢，是我在浙南山乡见过的例子。

在乡土田野里，很难再找出比义冢更加具有"正能量"的文物了，最能予人以"人心向善"的乐观鼓舞。然而，鉴于人性的复杂性，我们恐怕又很难始终保持高昂的乐观状态。

儿时，我有个邻居，是渔民，在东海讨生活。他在三十九岁那年，因癌症去世。乡下有各种说法，有人说他曾在海上见过一具漂浮的无名尸体，但他不照老规矩办事，没有将尸体带回大陆埋葬。从此，"厉鬼"就缠上他，那一身病，就是证据。

这个糟糕的故事，我至今想来，仍心有余悸。按照传统的说法，凡是无人收葬、祭祀的亡魂，都会变成到处作祟的厉鬼。明嘉靖三十三年（1554），倭寇劫掠海宁，周应桢将军战殁，无人祭祀，亡魂化作厉鬼，每当风雨夜，鬼哭声啾啾。直到万历年间，建庙祀之，作祟的厉鬼才告太平，海宁黄湾镇周将军死难记碑，至今尚存，说的就是这件事。我在义乌赤岸的乡下，还见过"厉鬼坛"，这是过去祭祀孤魂野鬼的所在。

建造义冢的好心人，对孤魂野鬼心存善念、敬畏，这是没有问题的。然而，敬爱与畏惧，这两种不同的情绪，容易混为一谈。古人收殓陌生人的骨殖，一半因为敬重，一半因为恐惧。好比苍天在上，我们也很难说自己是敬重大自然呢，还是因为害怕大自然；又好比我们坐在台下，听主席台上的领导训话，皆作洗耳恭听状，你说我们到底是因为爱他呢，还是因为怕他？

我时常感慨于汉语的伟大，竟有"敬畏"一词，道尽人心的曲折和微妙。

迁坟

好风水，是一种有限的资源。俗话说，哪儿的黄土不埋人，青山处处可埋骨。实则未必，向阳的山坡，显然较背阴之地更宜作墓地。若在那眼光苛刻的风水先生看来，真正算得上"藏风纳气"的宝地吉穴，偌大的一片青山，不过寥寥无几。好资源有限，所谓风水宝地，通常会被反复使用。

2004年，我在龙游县湖镇寺底袁村发掘宋墓，宋墓之上叠压着明墓，明墓之上又叠压着晚清民国墓。前段时间，武义县城西郊，在建设环城公路时发现南宋徐邦宪墓，工程队的朋友说，在挖掘机发现徐邦宪墓之前，这块地方已经迁移了400多座现代坟，显然南宋徐邦宪墓地所在，已经成为现代的大坟场。早早晚晚的墓葬，层层叠叠，前人后人不约而同地看中了同样的地点，寻来觅去，最终还是认准这些老地方。

1984年，磐安县安文镇发现一座南宋墓，据出土墓志，墓主人陈黻之妻何氏下葬于嘉定十六年（1223）；该墓正下方约92厘米的深处，竟然又埋着另一座砖室石板顶的宋墓，据《文物》月刊1987年第7期刊发的考古报告，发掘者推测其为北宋墓。其实，从墓内出土的青瓷炉等随葬品判断，上下叠压的两座墓，只相差二三十年。前人尸骨未寒，后人就将新坟覆盖其上，真不可思议。

现代的高速公路、铁路建设，穿山越岭，经过无数古代墓地。而古墓地之上，通常又覆盖着大量年代更晚的近现代坟墓，或为无主坟，或为有主坟。

无主坟，无人认领，公路只管建设就是；有主坟，墓主人尚有后裔，问题通常很棘手，除了占地、青苗赔偿，建设方还要补偿一大笔迁坟的费用，承担迁坟的时间成本。

祖先坟茔，兹事体大，关乎家族的荣枯与后人的情感。若处理失当，将会引发群体性事件。2005年，因为水库建设，金华郑刚中墓将要被淹没。郑刚中是南宋名臣，有《北山集》传世，至今深受当地郑氏后裔的敬仰。当时，异地迁建的政策尚未落实，郑氏族人与相关部门相持不下。而我全不知情，奉命前往进行抢救性考古发掘，引发民众不满。当他们得知我也姓郑，更加愤怒，集体围攻我，骂我不孝，"根本就不配姓郑"。——十多年后，我至今回想起来，仍然委屈得掉眼泪。但我相信，地方政府、基建单位的工作人员和老百姓之间关于迁坟的漫长谈判，以及与其讨价还价，晓之以理，一定比我的考古工作更加艰难。这绝不是所有人都能胜任的工作。

抢救性考古发掘，通常如此：考古部门先认准一个可能存在古墓的山头；待有主坟迁尽，所有的青苗补偿完成，基建部门把山头交付考古队，并约定一个考古工作的期限；考古发掘结束，修路，通车。

2003年，甬（宁波）金（金华）高速公路建设，我在奉化溪口附近的丘陵地区发掘汉六朝墓地。六朝墓深埋地下，地面全是晚清民国以来的有主坟。迁坟不久，尚未朽尽的棺木、衣物、棉被、破罐子，散落一地，空气中弥漫着腐朽的气息。我们就在这样的环境中开始工作。

现在，偶尔有人恭维我："郑老师，你怎么会有写不完的文章，讲不完的考古故事。"那是因为很少有人像我这样干过那么多乱七八糟、包罗万象的活儿。

2010年，杭（杭州）长（长沙）高速铁路建设，我在龙游县夏金村。这里是龙游与衢州市衢江区（原衢县）的交界地带，村民是1959年以后的新安江水库移民。

配合基本建设的抢救性发掘，有严格的工期要求。为赶进度，我们经常借助挖掘机作业。这里经过前期清表，地面已无人为痕迹。不料，挖掘机一扒拉，一座现代坟被掀去了大半。真要命，工期如此紧张，居然有"有主坟"尚未迁尽。

这是座土坑墓，三合土筑成，棺木仅40厘米宽，骨殖尚未朽尽。墓主人是新安江的第一代移民。

我们将骨殖收拾起来，用红布包好，另找一个清净地方，妥善安厝。这是考古队应该做的。

但是，墓主人的子孙，听闻此事，找到我们，大吵大闹，要求赔偿。后来，看我们处事还算妥帖，更不是责任方，怒火不再冲着我们，转而向铁路方讨说法。

　　铁路方的意见是，迁坟通知发下已有半年，补偿经费也已到位，这不是他们的责任。而"孝子贤孙"只说他们从未接到通知，横竖就要一个说法，一笔赔偿。

　　我要说的是，基建方并无过错。政府规定的迁坟期限已过，无人认领的坟墓，自然要当成"无主坟"处理。孝子讨说法，只是想要钱，他们早该迁坟，即便没有接到通知，也该知道不久即将有铁路从他家的坟头穿过。当然，我不会戳穿他们。

　　眼前的三合土墓，下葬于1971年，大概是他们移民到龙游十年后。当年，他们走得匆忙，连家具都来不及搬走，新安江水库就开始涨水。异地他乡，生活不易，死后只有一口仅能周身的棺木，随葬一个粗糙的瓦罐，装了半罐子大米，除此，别无长物。

　　今年，我在淳安千岛湖旅游。听导游说，每逢清明节，很多新安江移民返乡上坟。当年，他们的祖坟来不及迁走，全部没于水底。如今，他们泛舟湖上，在船上焚香叩头，向湖面洒一些花瓣，遥祭长眠于水底的祖先。

一个清代女人的坟墓

2013年7月28日，据电视台发布的数据，气温40摄氏度，可是人们实际感受到的煎熬，恐怕比抽象的数据更加具体一点。我住在金华义乌某乡下的农户家里，门口的池塘已经干涸，房东家的大黄狗躲在角落，一动不动，只剩下大口喘气。

大清早，义乌市博物馆的朋友把我叫去了城郊一个土名叫作"童关山"的地方。那里原来是个小土坡，坡上有很多近现代的坟墓，底下有年代更早的明清墓葬。因为房地产开发，红土山已经被夷为平地。这一片热土上，工程车鱼贯而出，鱼贯而入，无数的打桩机正在作业，哐当哐当，地动天摇。

我去那里，名义上，说是指导古墓的抢救清理。前天晚上，工地的挖掘机挖到了几座明清坟墓，券顶砖室，体量不大，但埋得很深，地表毫无迹象，若非掘地三尺的工程，它们绝不至于暴露。

我赶到时，工地现场已有挖掘机在作业，只见大抓斗狠狠一下，砖室就被削去一角。四五个民工，光着膀子，抡起锄头、铁锹，冲着古墓，干起来了。

他们是从附近建筑工地上就近雇来的劳力，均为外地人，江西的、湖南的、湖北的，烈日下，穿着半截裤，光着上半身，不说话，不喝水，只顾干活；黝黑的肤色，汗珠冒出来，晶莹剔透，健壮的身躯，没有一点多余的脂肪。

人类与生俱来的好奇心，战胜了坏天气。古墓的周围，里三层，外三层，被观众围得水泄不通。有的人面对烈日毫无畏惧，有的人脱下汗衫蒙在头上，爱美的姑娘打起花花绿绿的阳伞。

人们拥挤着，发表各种议论。有人大胆预测，古坟中一定有古董；有人小心求证，说这坟看上去不像富贵人家的，不会有宝贝；有人引经据典，说这地方古代有个忠良，触犯了当权的奸臣，被砍了脑袋，下葬时，特地安装了黄金打造的脑袋，说不准，这次就能挖到金脑袋……

我抬起头，一张张陌生的面孔在眼前闪过，有人伸长脖子，有人屏住呼吸，有人气定神闲，有人谈笑风生。我想起了鲁迅先生的小说《示众》，人们似乎在欣赏着一场百年不遇的演出，丝毫不认为眼前的坟墓，长眠其中的竟是百年前自己的同类。

一小时过去，坟墓挖完了。里头啥也没有，除了一副尚未朽尽的骨架，从头到脚，零零落落。看上去，这是个清代的女人，墓圹中没有随葬墓志，没有人确切知道她的名字，这是一颗自天际划过的流星，破碎的坟茔，只是流星曾经真实存在的证据。

她来过这世界，然后离开，如同蒲公英飘零于风中。把坟墓挖得这么深，宁静地安息，是你的梦想吗？然而，百年后的挖掘机，摧毁了一切。

参观的人，摇头叹气，纷纷散去。有人愤愤不平，说这个清朝的穷光蛋，也不埋点东西，这么热的天，既浪费我们的时间，也辜负了博物馆的工作；有人神色凝重，好像领悟到了什么，说这个清代女人真可怜，在今天还要被人挖出来折腾。

在观众散去之后，民工们领取工资之前，他们把墓内的骨殖捡拾起来，装在一个塑料袋中，摆在路边。

我说："我们找个清净的地方，把骨头重新掩埋吧。"有人说话了："你看看，这里哪有清净的地方，我告诉你，这边的每幢房子都值几百万，上千万。"说话的人，是民工头。

我认为他的意见是正确的，这里的房子确实很贵。但我坚持说："拜托了，我们最好还是想想办法找个地方吧。"

民工头是个爽快人，说："没问题，你说吧，办这件事，多少钱？"

老实说，我喜欢这样的交流方式。谈钱，是最不必不好意思的，任何事情说到这份上，也就意味着可以搞定了。

道在瓦甓

一

清代乾嘉以来，官员、文人收藏金石碑刻，蔚然成风。嘉庆年间，浙江巡抚阮元编撰《两浙金石志》，著录浙江明代以前石刻碑文、造像题字，几乎无遗漏。流风所及，人们连汉六朝墓砖，只要带铭文、有花纹的，也争相购藏。在19世纪上半叶，砖瓦俨然已为士人收藏的专业门类，阮元甚至名其斋室为"八砖吟馆"。清末金石学家陆心源的宅子，称"千甓亭"，如今还在湖州城内。"甓"即古砖，顾名思义，"千甓亭"就是收藏了很多古砖的所在。

大画家吴昌硕先生，湖州安吉人，藏甓甚富，著录考订，琢制砖砚，与友人题咏唱酬，不亦乐乎。古砖的收藏、品鉴和赏玩，既为证经补史的"学术事业"，更是相互标榜的"风雅事业"，其在清末的流行程度，或不在今之君子的焚香、品茗、插花之下。

陆心源、吴昌硕及其朋友们的收藏，以出土于两浙地区的汉晋砖室墓为主。清末以前，江南挖掘古墓的风气未开，古砖出土无多，稀罕的年号砖，讨喜的吉语砖，恰巧材质又好，适合凿制砚台的，通常能卖个好价钱。藏家崇古，以古为贵，年代越早越值钱。古董商、盗墓者遂投其所好，伪造西汉的纪年砖以牟利。吴昌硕和他的朋友们不知情，当作宝贝收起来，题跋不休。我最近读到一本研究吴昌硕的著作，发现即便在今天，也还有一些学者不能分辨当年古董商的猫腻。

其实，浙江不会有西汉的纪年砖。砖室墓流行于东汉以后，纪年砖的出现，更要晚至东汉中期。西汉流行土坑墓，竖穴长方形土坑，不用墓砖。吴昌硕时代的人，不知道今日的考古常识，无足深怪，他们不挖墓，更无缘阅读考古发掘报告。今之好古者，糊涂依旧，则是可以批评的——"玩古"而不"考古"，结果只能如此。

东汉、三国、两晋、南朝砖室墓，在杭嘉湖、宁绍地区，分布广泛，数量众多，是生产建设中最经常遇见的文物类型。二十多年前，杭（杭州）甬（宁波）高速公路建设，我的同事在绍兴上虞发掘汉晋墓地，有过估算，一座中小型东汉砖室墓，用砖在三千块左右，大墓则不止此数。近一百年间，高速公路、高速铁路建设，条条大路，经过绍兴、宁波地区，沿途不知毁坏过多少砖室墓——姑且以三千座墓葬计算吧，每座墓用砖三千块，带铭文、花纹的砖头，想必不少。

原先我以为，砖头只用于建造墓室，现在从嘉兴子城、椒江章安临海郡城遗址看来，汉晋城市，也流行以砖头铺地铺路、包砌台基。砖头实在太多，考古工作者都不拿它当回事。2003年，我在嵊州市发掘一座西晋元康二年（292）的砖室墓，墓室很大，砖砌的墓壁上，既有书法古拙的年号砖，也有"长宜子孙"的吉语砖，更有神仙羽人的画像砖，材质细腻致密，真是凿制砖砚的好材料。可惜，我只抽样挑选了几款不同的样品带回驻地，其余的砖头，全扔在了荒山野岭，早知文人好古如此，当时真应该把所有的砖头都拆回来。

跑的地方多了，我渐渐知道，湖州杨家埠、长兴等地的六朝墓地，附近普遍建设有马蹄形的砖窑，就近临时烧造墓砖；我甚至知道，嵊州市甘霖镇的砖头，品质上佳，而龙游县湖镇寺底袁村的砖头普遍很坏，花纹模糊，材质疏松，不充砚材，也许是砖坯泥巴的缘故吧，当然，更有可能是龙游人的烧窑技术不过关。

这些都是书斋学者所不知道的。至于陆心源、吴昌硕辈尤其如此，晚清时代能够见到的砖头太少了。

砖头的大量出土，源于挖墓风气的兴起。近代浙江大规模挖掘古墓的风气，则与杭甬铁路建设密切相关。杭甬铁路始建于20世纪初，延续了很多年，萧山至上虞段铁路的贯通，更迟至1936年，此已为陆心源、吴昌硕身后之事。

淳朴的浙东农民，此前从未见过如此翻天覆地的大工程，未见过山坡上大量暴露的古墓，也未见过上海、杭州的古董贩子前来现场收购古物，更没想过古墓浑身是宝，连砖头都能卖钱。墓砖喷涌而出，源源不断，市场很快就做烂了。吴昌硕时代奇货可居的铭文砖，转眼就不值钱了，古董商的关注点，从砖头转向了古墓中的随葬品，如铜镜、青瓷器等。

铁路的建设，从根本上改造了江南地区的古董市场，改变了古董商、收藏家的趣味，也催生了铁路沿线的盗墓行业。20世纪30年代，陈万里先生多次到浙江调查越窑、龙泉窑青瓷，在考察游记中，每每感慨大规模的工程建设，熙来攘往的古董贩子，深刻改变了世道人心。

十多年后，新中国成立，社会风气焕然一新。赏玩古董，收藏古砖，非但与"风雅"无关，反而成为糜烂、腐朽的旧生活的象征。2004年，我在龙游发掘的汉晋砖室墓，早年都有程度不等的毁坏，但非盗墓所致，而是20世纪五六十年代老百姓挖取砖头的结果。有些砖室墓，里头的随葬器物，保存完好，砖头却被剥得一干二净。老百姓挖砖头，不能卖钱，更不为风雅，是拿去造房子的。后来听说古墓的东西不祥，有文字、花纹的砖头，尤其不吉利，于是，纷纷改砌猪圈。

二

根据现有的考古资料，我国最早的砖头出现于西周时期，大概只用来在宫殿、豪宅内铺地。

砖头广泛用于砌筑城墙、建造房屋，是很晚的事。汉唐时期的砖头，常规用途是修建墓室。古人说"视死如生"，实际上，则常常把死看得比生更加重要，在土坯房、茅草屋的时代，往生者已经独享"砖室"了。

砖室墓的起源，可上溯至战国晚期，东汉时期始在全国流行，成为历代墓葬的常例。考究的东汉墓砖，印有花纹、文字，如"大吉""富贵""长乐未央""万岁不败"之类的铭文，书法古拙，寓意吉祥，从来是金石家赏鉴的对象。

只是，墓砖铭文并不总是喜气洋洋、四海升平的，这一点，详见后文。

古人营墓，多临时烧砖，颇为劳费。《晋书·吴逵传》载，吴逵是个孝子，吴兴人，即今浙江湖州人，因为饥荒疾病，"合门死者十有三人"。穷人家通常将亲人用苇席一裹，掩埋了事。吴逵也不富裕，却"昼则佣赁，夜烧砖甓，昼夜在山，未尝休止"，为砖头忙了整整一年，建成七座砖室墓。这不是件容易的事，故以孝行名垂青史。

史书中常有穷人去世，无力举葬的故事。有人认为，他们的困难，多半因为无力烧制墓砖、建筑砖室。

关于砖头的价格，据周一良《魏晋南北朝史札记》"久丧不葬"条，北魏时期，两百块砖约相当于一匹绢的价格，折算起来，并不便宜，每块值十几文至二三十文不等。这是某地区、某时期墓砖的价格，无法放之四海。浙江汉晋时期的砖价，难以详考，姑且以此为参照。据我们在田野考古工作中的观察，一座中等规模的东汉墓，约需砖头三千块。这是一笔巨大的开支，还只是丧葬礼中"硬件"的一部分，难怪东汉人办丧事，经常倾家荡产。

在老百姓的心目中，砖头是一笔不菲的财富，证明这个命题，无须引经据典。在杭嘉湖、宁绍、金衢地区，汉晋砖室墓都是常见的文物。砖室墓早年通常经过程度不等的毁坏，这不全是盗墓所致，多数情况下，是几十年前老百姓掘取砖头的结果。砖头是大有用场的物资，至少可充建筑材料。

我时常困惑，汉唐时期的达官贵人，以山为陵，动辄建造庞然大墓，他们哪来的财力，摆出阔绰的排场？

读《亳县曹操宗族墓葬》考古报告，始略有所悟。墓地中出土了许多的铭文砖，可知曹操的族人曾将良民役为刑隶，用枷锁、绳索强迫他们制造墓砖。这是艰苦的工作，奴隶们怨声载道，在砖头上刻下歪歪斜斜的文字。有人感慨"工作太苦，大热天也不得休息"；有人诅咒"我受了冤枉到此制作墓砖，待到苍天乃死，天下大吉的时候，我一定车裂你们这帮作威作福的家伙"。

我更加困惑，如此大逆不道的砖头，为何会出现在墓地之中？合理的解释可能是，他们奴役别人造砖建墓，却从不到现场踏勘、认真检查。不要以为建造大墓的人就是孝子，不是的。

最后，不妨来看看刑隶们的归宿。河南偃师县大郊村的东汉刑徒墓地，1964年发掘墓葬五百余座。可怜的刑隶，被草葬在一个仅能容身的浅土坑中。土坑内除了一两块残砖，别无长物，砖上刻有文字，简述他们的名字、籍贯。除了几块砖头，他们这一生，什么也没有留下。

地底下的砖头，是史官粉饰不了的客观的历史。只是不知道，我的解读是否客观。

风水术的起源

生死事大，无常迅疾。丧葬，是人生中头等重要的礼仪。

营造墓地，首重选址。北宋大儒程颐《葬说》认为，宅兆（墓地）选址，要卜其地之美恶，"地美则其神灵安，其子孙盛"。好墓地，首先应该土色光润，草木茂盛，同时"惟五患者不得不慎：须使异日不为道路、不为城郭、不为沟池、不为贵势所夺、不为耕犁所及"，避开容易遭到生产建设破坏的地方，以免陵谷变迁，招致破坏。

墓地确定后，营造墓穴，"穿地必四、五丈"，甚至穿透基岩，以松脂涂棺椁，石灰封墓门，墓穴务求深埋、密闭，唯有如此，才可使逝者的"魂"（精神）安宁，"魄"（肉体）不朽，方能庇佑子孙。因为先人的灵魂可以干预人间的生活，坟墓不单为死者而设，更为了生者的福利。灵魂不灭是古代丧葬的核心观念，墓葬的选址、形制、结构、装饰以及随葬品之种种，多与此相关。

将墓址选在土厚草肥、环境宜人的安全之地，只是宽泛意义上的风水观念，好比大家喜欢住在背山面水、阳光充裕、空气新鲜的地方，实乃人之常情。活人如此，死者亦然，大概属于人类朴素理性的思想范畴，与巫术无关。

如果我们认为一代大儒程颐是个迷信、鼓吹相墓术的风水先生，那就错了。恰恰相反，程颐一向反对风水，旗帜鲜明，他认为那些迷信于"择地之方位，决日之吉凶"，因为一时找不到"吉穴"，或为挑选黄道吉日，迟迟不肯将先人埋葬，"不以奉先为计，而专以利后为虑"的人，绝非孝子顺孙。

这里"择地之方位，决日之吉凶"的巫术，以为坟墓之地势、朝向、深浅、葬日、葬时的细微差异，均能左右子孙后代的贵贱祸福。这种具有强烈迷信色彩的方术，才是严格意义上的风水，正是程颐所反对的。

厘清上述两个概念的区别，至为关键。宽泛意义上的风水，即为墓地寻找好环境，此乃人之常情，很早就有；而严格意义上的风水，则出现较晚。

以下，试以浙江古墓葬的例子阐释之。

新石器时代的村落，通常位于河流附近、地势稍高的台地上，临水而居又不至于为洪水所淹，方才适宜人居，墓地多分布于聚落内部或其附近。以太湖流域为中心的崧泽、良渚文化，位于江南水乡湿地，一马平川，甚少自然高地，于是人工堆筑高墩，以作墓地。杭嘉湖平原地区的大小土墩，此起彼伏，唐宋以来，遍植桑树，成为桑墩，是江南水乡的特色，究其源头，多为史前时期的坟墩，地下埋葬有良渚、崧泽时期的土坑墓。新世纪以来，浙北地区大规模开展的土地平整运动，削平了无数桑墩，堪称浙江史前文物保护史上的一大浩劫。

商周时代，湖州山地丘陵地带和钱塘江以南宁绍地区的土墩墓，多分布于山脊线的分水岭上，或坐落于高山之巅。墓地选择在远离聚落的高岗山顶，其分布形态与史前墓地迥异。考古人调查、发掘商周土墩墓，少不了翻山越岭，披荆斩棘，特别辛苦。

战国西汉时期，楚灭越国，秦汉大一统，楚文化东渐，汉文化南下。竖穴土坑木椁墓盛行开来，至西汉时期蔚为主流。杭嘉湖地区的西汉墓地，多沿用早期土墩，或人为堆筑全新的土墩以埋墓，长方形土坑墓，墓坑开口于人为堆筑的土层之下，多为"熟土坑"；钱塘江以南的山地丘陵地区，西汉墓地从早先的山脊线上，转移至半山腰或山麓高埠，墓坑多数直接凿穿基岩，是为"生土坑"。

清朝四库馆臣为古代堪舆经典——《葬书》（东晋郭璞著）所撰的"提要"，简述葬地风水源流，称"葬地之说，莫知其所自来。《周官》冢人、墓大夫之职皆称以族葬，是三代以上葬不择地之明证。《汉书·艺文志·形法家》始以宫宅地形与相人、相物之书并列，则其术自汉始萌，然尚未专言葬法也。《后汉书·袁安传》载安父没，访求葬地，道逢三书生，指一处，当世为上公，安从之，故累世贵盛。是其术盛传于东汉以后"。夏商周三代"葬不择地"，尚无风水术，西汉时期也无专言"葬法"者；《后汉书·袁安传》载袁安为乃父访求墓地，听从术士意见，果然富贵，可见堪舆术是从东汉以后逐渐发展起来的。

这是四库馆臣基于文献记载的说法，若以考古资料检验之，大体可从。史前、商周、西汉墓地，位于冈丘台地，墓葬成群分布。在野外只要发现一座墓，就能在周边发现成群的墓，墓地呈现"聚族而葬"的"族葬"形态。其墓地形态，与宋元以来在郭璞风水术（形势派、峦头派）指导之下的独占好山头、藏风得水的独立墓地，迥乎不同。

族葬墓地，成十上百的坟墓，"济济一堂"，当然无法逐一遵循《葬书》对山水"形势"的要求。一片青山，表面上看，处处可埋骨，但在"形势派"风水先生挑剔的眼光之下，"吉穴"寥寥无几，除去一二佳地，所剩空间，恐怕皆不足用。假如又拘泥于其他的繁文缛节，例如墓穴地势、位次、朝向、深浅，以及丧家的五行八字，那么一处完美的墓地，绝对是稀缺的资源，藏风纳气的环抱之地，其空间形态必然又是相对独立的，犹如僧寺禅院，总是独占山头，绝不密集扎堆。

四库馆臣正是从后世通行的"形势派"风水择地标准出发，由《周礼》"皆以族葬"一句，推断三代、西汉时期尚无堪舆之术。且不论《周礼》所谓"族坟墓"是否符合历史真实，但不得不承认他们的判断别具只眼。

东汉以后，砖室墓取代土坑墓。宁绍地区的砖室墓，多分布于低山腰或山脚处，地势较战国西汉墓地更加低缓，前景更为开阔。向阳坡的墓葬数量，明显较阴坡为多。相对于西汉人，东汉人明显已有意识地选择山水形势，选择阳坡埋葬。

江南地区"相墓术"兴起后，愈到后世影响愈大。东晋南朝的皇陵，依山为陵，方向依具体山水形势而定，据说东晋明帝本人就会占卜冢宅，曾亲自前往考察郭璞挑选的墓地；梁昭明太子萧统听信相墓者言，在为母亲选择葬地时，得罪其父梁武帝，忧惧而死。天子陵园，其重风水如此，民间丧葬，当然无法免俗。

东汉以来江南地区流行的"相墓术"，不断发展，至东晋郭璞著《葬书》集其大成，风水术中诸如"遗体受荫""乘生气"等核心观念，焕然大备。《葬书》卜址，重山水形势，"风水之法，得水为上，藏风次之"，以山峦挡风，以流水聚气，墓地通常呈现山环水绕、枕山面水的地貌特征。唯其环境宜人，又掌控人性的弱点，故能深入人心。其后，方技之家，踵事增华，流派众多。宋代江南地区的"形势派""理气派"风水，实仍以郭璞为鼻祖，在后世大行其道，影响国人的思想观念、日常生活，既深且远。

当然，那是一部人书，绝非"千字文"所能承载。

龙湾好风水

一

　　明清时期的温州府永嘉县，是个附郭县。县治设在温州城内，地跨瓯江南北，包括瓯江以南的今温州市龙湾、瓯海、鹿城三区，不像今日的永嘉县，只局限于以楠溪江流域为中心的江北一隅。

　　古邑永嘉，县境辽阔，自东南而西北，依次划分为一都、二都、三都……直至五十一都、五十二都。永嘉县第一至第五都，也称"永嘉场"，即今天的温州市龙湾区，地处江南，面朝大海，宋代以来即为著名的大盐场，故名永嘉场。

　　两宋时期的永嘉场，人物未见其盛。明代前期也不显山露水，永嘉场人世属"灶籍"，以煮盐、务农为业。但在明代中叶以后，忽而文风大兴：二都李浦王氏家族的王瓒、王健父子；二都英桥王氏家族的王澈、王激兄弟，王澈之子王叔果、叔杲兄弟，王叔果的从弟王德；二都七甲的项乔；三都普门的张璁。自明弘治至嘉靖、万历年间，半个多世纪，科甲蝉联，名公辈出。

他们是温州历史上响当当的人物，除了王澈是个举人，其余均为进士。尤其是张璁，温州人称"张阁老"，作为嘉靖初年"大礼议"的核心人物，深受明世宗宠信，官至内阁首辅，权倾朝野，读过《明朝那些事儿》的人都知道。

二都和三都，方圆不过几里。我在龙湾调查王瓒家庙、张璁祖祠和王叔果兄弟建造的永昌堡，往返于李浦、普门、英桥三地，只靠步行或人力车。弹丸之区，短期之内，人物繁夥如此，真是奇迹。

王叔杲，明嘉靖四十一年（1562）进士，颇负文名，精通地理堪舆术。他对家乡充满自豪，说永嘉场多显宦巨室，只因为本地风水好："永嘉场虽僻在海隅，实中出之干也。北为瓯江，南为飞云江，两江夹龙，东汇于海，而岛屿环列。来龙叠嶂，从西南降，势悉为石冈，散气铺阳而聚于二、三都之间……虽蕞尔之区，而一郡山水总揽殆尽。"（《王叔杲集》卷十八《永昌堡地图说》）

"地灵"与"人杰"之间，犹如鸡和蛋的因果关系，向来是笔糊涂账。我猜想，永嘉场多半因为先有王叔果、王叔杲这样的人物，他们嗓门大，有话语权，家乡才有所谓"山海之秀"。就今日所见，龙湾的山川固然不坏，但论山脉起伏，河川流转，龙湾恐怕并不是江北的楠溪江的对手。

王叔杲的哥哥王叔果，嘉靖二十九年（1550）进士，编纂《嘉靖永嘉县志》，同样为家乡而自豪。王叔果兄弟发家后，在温州城里置有宅院，但他们经过比较，依然认定温州城的风水比不上他们的家乡二都。温州城里的隅厢，虽有世族大家，但很少"累世富盛"，就因为郡城"无主山"，风水远远算不上完美。

而他们的家乡，一都至五都，负山濒海，有鱼盐之利，尤其是二、三都，多出世族，实乃"风气所钟"。六都至十九都，即今温州市瓯海、鹿城区，河川纵横，土沃水深，有田可耕，有山可樵，可谓"乐土"，奈何好山好水未必有好人物。"山不在高，有仙则名"，缺少人文，山水再佳也是枉然，同样无法跟他的家乡媲美。至于二十都至五十二都，即今以楠溪江流域为中心的永嘉县境，两宋时期，文物颇盛，名人如木待问、戴溪，更有寄情山水田园的永嘉派诗人，他们都是楠溪江孕育的英华；但到明代，一代不如一代，很少再有大人物，越往楠溪江上游去，在靠近台州、处州（今丽水市）的偏远山区，越是地旷人稀，简直连户殷实人家都找不到了（《嘉靖永嘉县志》卷一《隅厢乡都》）。

这就跟我们今天惯常想象的温州图景很不相同。我看龙湾，高楼林立，马路宽阔，极目四望，与各地的新兴城市并无两样，竟以为是毫无历史底蕴的新开发区呢；我看楠溪江，苍坡、芙蓉、岩头等明清古村落，青山绿水，粉墙黛瓦，稻美鱼香，这才是个钟灵毓秀的文物之邦。

芙蓉古村落、岩头老街区，今天是热门景区，过去属于永嘉县第四十八都地，按照王叔果、叔杲兄弟的说法，都是穷乡僻壤。而今，我们反以为那里文脉悠悠、自古繁华，殊不知正因为其环境相对封闭、落后，才侥幸保留了更多的古风；而当年聚集着更多财富、更好建筑、更多文化精英的地方，比如龙湾，城市建设日新月异，传统风貌荡然无存，行走其间，即便再有想象力，也无法感受历史上的辉煌光景了。

二

前文说到，今天的龙湾区，东濒大海，西连温州城，北临瓯江，南接瑞安县，明代后期，人物辈出。

　　阶层的流动，世族的涌现，主要靠科举。龙湾小地方，数张璁名气最大，故事最多，因为他是有史以来官位最显赫的温州人，外地人想当然以为他是奠定龙湾人文基础的人物。实则不然，李浦的王瓒，才是引领风气者。王瓒，弘治九年（1496）高中榜眼，官至礼部侍郎，卒赠礼部尚书——最有名望的"清要之职"。他是小地方最早成名的进士、高官，在他的家乡龙湾李浦，到处可见王瓒烙下的印记，榜眼桥、榜眼牌坊、祠堂里的榜眼牌匾。

　　榜样的力量是无穷的。王瓒的发达鼓舞了本土的读书种子。举业，是典型的"应试教育"，一篇花团锦簇的时文，需要长期的训练，倘若不得门径，纵有吴敬梓、蒲松龄之才华，亦不得进身。一地文风之形成，实在有赖于像王瓒这样的前辈率先捅破窗户纸。古人在科场的千军万马中胜出，难度绝不在今日高考之下，有人率先成功，然后，聚众讲学，传授"应试"秘籍，日后才有可能涌现出"父子登科""一门八进士"之类的佳话。丽水山区的庆元县，明清两代，一个进士也无，不是他们不念书，只能说本土缺乏成功人士的鼓舞和示范，摸不到应试的门径。

　　榜样激励士气，士气推动风气，如此良性循环，这就是我认为的明代龙湾文风兴盛之由。当然，肯定有人不同意我的看法，今人作为"事后诸葛亮"，解读历史现象，分析原因，不愁找不到理由，困难只在于如何让读者信服。

王叔杲认为，龙湾多人物，没别的原因，就是风水好，全温州最好。温州郡城是风水行业祖师爷东晋郭璞亲自选址的，但"龙气本弱，而艮峰不起，下手又多空缺处，故城中无甚大家巨族，即有科第，皆系各乡侨居者，而郡城中绝鲜"（《王叔杲集》卷十七《温州郡龙融结大概》）。以此故，城里人也比不上他们家。

王叔杲的"风水说"，完美解释了龙湾人物兴盛的原因，天衣无缝，逻辑自洽。

可惜，明万历年间以后，江河日下，龙湾人物，逐渐凋敝。有清一代，近三百年间，仅有英桥王氏，三人得中进士，仕宦也不显，论成就，远不及前明鼎盛之时。

放眼龙湾，山水未改，风水依旧。明清两代，前后迥然不同，何以故？我在前头说过了，分析历史现象，随便找个理由，一点不难：一地盛衰，犹如草木枯荣，三十年河东，三十年河西，本身有其内在的发展规律，所谓"风水轮流转"是也；明清鼎革后，清廷下令"迁界"，龙湾濒海之地，长期割弃界外，沦为废墟，经济文化就此一蹶不振。

　　然而，读者依然未必会赞同我的看法，因为与它同样濒海的邻居瑞安县，清代人物就较前朝不减反增。

　　民间故事是这样的：话说温州知府何文渊是个坏人，眼看龙湾人物多，张璁地位高，心中嫉妒，存心破坏龙湾的好风水，遂钉住龙湾地头的龙脉，取土烧窑。窑火熊熊燃烧，龙湾的"真龙"，酷热难当，便逃窜到了邻县瑞安。龙湾的好风水，就此去了瑞安，于是人物凋敝，瑞安倒成为人物渊薮，卧虎藏龙，孙衣言、孙锵鸣、孙诒让等人杰辈出。

　　其实，何文渊，江西广昌人，与张璁并不生活在一个时代。在温州地方志书中，何文渊绝对是个好官，他宣德五年（1430）出任温州知府，廉洁自律，除害兴利，深受人们爱戴。何文渊曾经奉诏进京，温州士民，依恋不舍，相送至缙云县境内的括苍古道，赠以黄金，为何文渊谢绝。"却金"典故，流传甚广，今日的括苍古道，依然有个名叫"却金馆"的地方。这是张璁出生四十多年以前的事情，然而在民间故事里，何文渊变身为大坏蛋，最爱与张璁作对，跟温州人过不去，到处破坏温州的风水。

　　当然，江西人何文渊每次跟我们温州人张璁作对，必然以失败告终。据说，有一次，金銮殿上的龙凤鼓坏了，何文渊对嘉靖皇帝说，温州人的皮肤瓷实，最宜蒙鼓。于是，皇帝下令带上一个温州籍的死囚，要剥他的皮。眼看温州人要吃亏，张阁老心生一计，让死囚拼命喝热粥，热得满头大汗。张阁老趁机对皇帝说，温州人最爱出汗，皮肤漏气，不宜蒙鼓。嘉靖皇帝识破何文渊的诡计，罚了他的俸禄。——其实，何文渊根本就没活到嘉靖年间。

民间故事，颠倒黑白，把何文渊塑造成心胸狭窄的地方官、居心不良的风水先生，到底为什么？是个好问题，限于篇幅，这边不讨论。但何文渊烧窑的传说，完美解释了明清之间龙湾人文的衰微，天衣无缝，逻辑自洽。

"风水"是万能的解释系统。天下兴亡，历史盛衰，"究天人之际，通古今之变"的学者，只能成一家之言。而老百姓只消讲述一个神秘的风水故事，谈笑间，古今多少事，顿时云淡风轻。

三

元朝末年，有个叫王惠的穷苦人，徙居温州永嘉县华盖乡英桥里。几百年后，这里成为王氏聚居的村落。王家发展至第五代，子孙昌盛，分为七大房派，各自繁衍；至第八代，家业光大，明嘉靖、万历年间，进士众多，例如大房派的王德，四房派的王叔果、王叔杲兄弟等。王惠，正是永嘉望族——英桥王氏的始迁祖。

王惠死后，埋在土名"西门洋"地方，其子王仕宜，祔葬其侧。当年的穷苦人家，就近在村庄边缘下葬，盖为常例。嘉靖三十八年（1559）大倭乱时期，王叔果、叔杲率领族人，相地筑堡自卫，建成铜墙铁壁的"永昌堡"。祖坟，竟然被隔离于城堡的北门外。

明姜淮《岐海琐谈》成书于万历年间，是温州八卦掌故的小百科。他认为英桥王氏的发达，乃王惠父子的积善使然，找中了风水宝地，"墓后负山，前汇巨浸，两沙互拱，中稍左有小洲为印"，风水绝佳，后果大昌。王氏祖坟至今尚存于永昌堡外的卑湿之地，我去过两三回，推荐给朋友结合《岐海琐谈》的记载进行实地考察。我推测，在元末明初，那里可能还是一片沼泽地。

至王氏第三、四代，人丁逐日兴旺，家业逐渐丰厚，在距离永昌堡大约15里外的瑶溪半山，买下一块山地，作为家族坟地。半山，也称龙冈山，系大罗山第一峰——李王山分脉，苍郁绵延，近有龙冈禅寺，终年梵呗不绝。从此，七大房派，不分彼此，聚葬于此，称为"七派坟"。半山，遂为英桥王氏最重要的家族墓地。

王叔果、叔杲的曾祖父、祖父都埋在这边（其生父王澈，另择墓地，葬于茅竹岭，原因待考），祖母张氏是张璁的姐姐，墓前立有"王通政、张恭人墓道"的石牌坊。祖坟在此，王叔果兄弟曾经结庐山中，名曰"半山草堂"，少年读书于兹，晚年隐居于兹，堂下凿有"曲水流觞"，效仿兰亭雅集故事，三二同志，临觞而咏，山光水色，花香树影，真是别致的所在。上述故迹，如今都在。

我把这种类型的家族墓地称为"山地型墓地"。山地风光虽美，然崎岖不平，地形破碎。受自然环境制约，无法形成长幼有序、秩序井然的墓地。日子久了，入葬者日多，更成问题。

项乔，明嘉靖八年（1529）进士，家住龙湾一都七甲，距离永昌堡不远。项氏家族墓地也在瑶溪附近的黄（皇）岙，同为"山地型墓地"，传至第六代，"子孙不问昭穆，遇空便葬，有孙踏祖公头上者，伤断山龙脉者，所关非细"。受限于地形，子孙盲目乱葬，顾不得长幼尊卑，竟然有埋到祖公头上的，不仅有妨伦理，甚至伤断龙脉。因此项乔决定另辟墓地，并立下族约，规定除非此前在山上已建有"寿坟"，"以后虽有力者不许再葬此山"（《项乔集·请立族约以守官法》）。

除了容易淆乱位次尊卑，"山地型墓地"另有一大弊端——众人齐聚一山，熙熙攘攘，后来者必然占不到好地方，更无法独享好风水。

王钦豫，是王叔果的曾孙，终生乡居，住在永昌堡内。明朝覆亡后，王家家道衰落，王钦豫的子女，纷纷归咎于半山的风水不好，要求给爷爷迁坟，更要求他另择墓地。王钦豫执意不肯，说"迁葬"是万不得已的不幸事件，除非墓圹进水，儿辈图一己之私，"惟求福荫，至将父祖棺骸轻易发掘"，于心何忍？他甚至邀请江西风水先生重新踏勘过半山祖坟，先生说半山"龙穴颇真，但来气短小，求富贵必不能，亦必无凶患"，可算个不好不坏、无大功亦无大过的墓地，王钦豫坦然接受，希望做子女的也不必苛求完美（王钦豫《一笑录》）。

2016年，温州市龙湾区永中街道土名"上朱垟"的地方，建造奥林匹克体育中心，涉及王德家族墓地。王德，英桥王氏大派的第九世祖，嘉靖十七年（1538）进士，后因抗倭殉难，温州郡城建有"愍忠祠"。墓地共有五代人，近20个成员，从王德的父亲，直到曾孙王名世、玄孙王成命，自嘉靖年间延续至清初。王名世，万历二十六年（1598）武举会试第一名，俗称"武状元"，墓地遂又称"状元坟"，"破四旧"期间被毁坏，仅以基存。20世纪70年代，在墓址上，人民公社的大队部建起了办公楼。

"状元坟"的不远处，就是秀美的大罗山。但墓地偏偏不葬于山头，而是选在山脚下三面环水的低洼平地。我把这种类型的家族墓地，称为"平地型墓地"。

江南多雨，地下水位高，"平地型墓地"显然不合常理。我们发掘的"状元坟"，砖室墓全都浸泡在地下水里。发掘期间，下过一场大雨，坟墓淹没于水下，我们找来抽水机，抽了两天两夜，也不见底。古人又不是傻瓜，为何这么做？

他们自有考虑。古人弃山不用，于平地建墓，分房派、房支聚族而葬，正是为了克服前述"山地型墓地"的弊端，以规避"有孙踏祖公头上"的不分尊卑、败坏人伦的现象。只有在平地，一张白纸随人画，才能规划出长幼有序、整齐规律的墓地。果然，"状元坟"共分为四排，整整齐齐，井然有序。

"状元坟"东侧另有一处王氏墓地（大派九世祖王梗一系），有第九至第十七世成员共二十八座墓。2013年迁坟时，温州市文物考古研究所前往现场做记录，几乎每座墓都有墓志。墓地共分五排，四周砌以围墙，形成完整的墓园边界。只在东南侧溢出了三座墓，这是后来者日多，墓园地隘之故。将众墓穴的排列次序，与出土墓志逐一对读，正是按照长幼尊卑顺序排列的"昭穆墓地"。

这种墓地是簪缨望族如英桥王氏者，遵循儒家"聚族而葬"伦理和集约用地原则，刻意规划的产物。墓穴位次，严格按长幼尊卑排列，最具有儒家理想主义的色彩；众人即使葬身浅土亦不足惧，最能予人以大无畏的道德力量鼓舞。

然而，平地建墓，非但时刻面临地下水的威胁，更绝无好风水。一马平川的地方，哪有来龙、案山、青龙、白虎的"龙、砂、水、穴"可言。王叔果、叔杲兄弟情深，是英桥王氏家族中最孚人望的成员，生前修城堡、宗祠、宗谱，倡议建设家族墓地，不遗余力。可就是他们，后来都各自找了一个好山头，既不曾埋入半山，更不会葬身于平地。

王叔果墓，在今温州市龙湾区状元镇石坦村，旧有牌坊、华表、石像生，人称"官坟"，山势环抱，雄伟肃穆。

王叔杲墓，在今温州市瓯海区新桥街道阳岙，现存封土、石像生，同样山势环抱，"所自卜也"，是他生前亲自选定的墓地。

这种类型的墓地，我称之为"独立型墓地"，是山势环抱、依山面水、独占风水的完美墓地。

这三类墓地，生动地展现了人们在理想的儒家伦理和世俗的风水祸福之间的追求、冲突和挣扎。王家墓地的故事，也是关于人性的故事。

国宝·重光

——

武义博物馆"南宋徐谓礼文书专题展"讲解稿

欢迎参观"南宋徐谓礼文书"专题展厅。

展览名称叫"国宝·重光",国宝当然指徐谓礼文书在学术、文物价值上的重要性。"重光"有两层含义:一指湮没了近八百年的南宋文书,因为偶然的机缘出土,重回人间;一指徐谓礼文书重大的学术价值和文化意义,在今日获得全新的解读和绽放。

一

展厅共分为四个单元。第一单元"文书谜案",揭示徐谓礼文书发现的传奇经历和文书随葬地下百年不朽的奥秘。

徐谓礼墓，位于距离武义县城东五华里的熟溪街道胡处村的龙王山麓。

南宋宝祐二年（1254），徐谓礼逝世，享年五十三岁，同年下葬后不久，肯定是有后人守护、上坟的。时过境迁，坟墓废弃，地面无明显迹象，逐渐无人知晓。在2005年前后，墓葬遭盗。据说，当时墓室、棺木保存完好，徐谓礼穿戴整齐，躺在里头，出土了一些瓶瓶罐罐，另有文房用品和徐谓礼本人的私印。这些文物至今下落不明。

最重要的是，还有十七卷文书，卷成一筒，放在他的身边。器物类文物，出土不久就被卖掉了，因为有明显价值，容易出手。而文书，内容前所未见，围绕着南宋中后期一个名叫徐谓礼的名不见经传的人物展开，纸张完好如新，很多人怀疑是伪造的，所以在"古董圈"和市场中长期找不到下家。直到2011年，文书的照片被武义博物馆的专家发现。盗墓者当然知道这是从古墓中挖出来的，不能长期接触空气，平常保存妥善，用塑料袋层层密封。兜售的时候，也不拿真迹，只用照片。照片模模糊糊，大体能够看得清文字，时任武义博物馆馆长董三军、副馆长邵路程最早见到这张照片，就把照片给了浙江省文物考古研究所的郑嘉励。

虽然内容前所未见，但郑嘉励等专家经过解读，认为文书绝无作伪的可能：一、作伪需要有仿造的对象，前所未见的内容，无法捏造；二、官方文书，有复杂、严谨的格式，尽管文书上的书法，未必是宋代顶好的，但一个时代的书法有一个时代的精气神，这些也不是今天的作伪者可以伪造的；三、作伪的动机，当然为牟利，徐谓礼名不见经传，文书内容也"古怪"，难以找到识货的人。要牟利，他们应该伪造苏东坡、陆游之类风流人物的作品，内容风雅一点，如山水画或脍炙人口的诗词，才好出手。从动机上看，人们不会去仿造这种东西，一抄四五万字，工工整整，一笔也不懈怠，天下没有那么笨的骗子。

专家判断文书是真实的，甚至推测这就是武义本地出土的，当即决定向武义县公安局报案，务求破案。如果将文物全数追回，将是轰动文物界、史学界的大事。2011年12月，经过公安局办案人员的艰苦工作，盗墓犯罪嫌疑人全部被抓捕归案，缴获文书十三卷。2012年7月5日，又追回已经流到北京的另外四卷文书，共十七卷文书，完璧归赵。

经过犯罪嫌疑人对盗墓现场的指认，浙江省文物考古研究所相关人员随即对墓葬进行发掘，出土徐谓礼及其妻子林氏的墓志，证实了文书的真实性和出土地点。该事件的来龙去脉，中央电视台拍过一个专题片，挺好看的，有兴趣的朋友可以观看。

这是徐谓礼墓地的复原模型，可以据此了解文书出土地点的情形，以及南宋品官墓地的一般性特征。

徐谓礼墓坐落于龙王山麓，左、右、后三方，有山环绕，前景开阔，武义江在不远处流过。这种地形被形象地称为"环抱之地"，犹如人们靠在太师椅上，平视前方。这种选址与当时的风水观念有关，"形势派"风水，也叫"峦头派"，是江南地区选择墓地流行的、固定的模式。徐谓礼墓坐落的位置，后高前低，三面环山，远处有"案山"呼应，正是形势派墓地的典型特征。现在的徐谓礼墓现场，已建了房子，地貌改变。这个墓地模型的复原，在地形上，有适度的夸张，真实的龙王山没有那么巍峨，我们主要是为了更好地表现"形势派"风水的典型择址观，博物馆里的模型，自然主义的照搬，未必就是好办法，这叫"艺术的真实"。

古人迷信好风水，认为墓地选址事关重大，子孙的祸福寿夭、富贵贫贱，均与此相关。他们认为，地下的"生气"是流动的，会在某个点上汇聚起来，这就是造墓的吉穴。风水先生的职责，就是要寻找这样的点。气，遇风则散，遇水则止，因此会在依山傍水的地方停留。徐谓礼墓就是这样，背有靠，左右有围护，前有河流，正是"藏风纳气"的地形。如果前方没有河流，人们就特意在坟坛前挖一口半圆形的池塘。今日温州地区的"椅子坟"，坟墓造型像一把太师椅，前边设有半月形的凹槽或池塘，完全是"形势派"风水观的经典意象。

南宋的墓地，大概就是自前往后、呈多级台地逐级抬升，主要建筑设施沿中轴线分布，墓室位于中轴线末端的地下，墓上起馒头状的封土，封土后砌以围墙的形式。墓前是一条自然延伸的墓道，如今徐谓礼墓墓道上未设石像生。我们无法判断下葬之初，墓前是否有石人石马，因为徐谓礼去世前约莫是个五品的官员，理论上，应该有虎、马、羊等石兽。不过，无谓的推测没有意义，总之，现在的墓前并无石像生。

墓前还建有一个三开间的祠堂，当初可能供奉徐谓礼夫妇的神位；穿越祠堂，迎面而来的是座牌坊；牌坊后头，是个八边形的封土基座；封土下方，就是徐谓礼墓室，文书就是这里头出土的。

下葬之初，有人守墓，相关事宜可能交付附近寺院的僧人打理，十多年前，徐谓礼墓侧仍有一座庙宇。我相信，南宋时期也应该这样。至于徐谓礼的父亲徐邦宪之墓，并不在龙王山，而是在武义城西壶山脚下，两墓相距甚远。父子未能合葬，是因为老子和儿子都追求完美的"环抱之地"，两人都想独占好风水，自然无法埋到一块。

那么，徐谓礼为何选择文书随葬？而文书又因何历经八百年不朽呢？

揭开封土，下面就是两穴并列的长方形墓室，这是最典型的夫妻合葬形式，男左女右，徐谓礼墓室在左，妻子林氏墓室在右，夫妻各居一室，中间以隔墙隔开。苏轼《东坡志林》称这种夫妻合葬形式为"同坟异葬"，也就是不同的墓室，共戴一个坟包（封土）。夫妻"死同穴"，相敬如宾，又不失男尊女卑的分寸。在苏东坡看来，这是既合理又合礼的夫妻合葬形式，完美！

徐谓礼夫妻的长方形墓室以条砖砌筑，顶铺石盖板，称为"砖椁石板顶墓"。这种墓室以"深埋、密闭、坚固、防腐"为特征，不求体量大，但求"容棺"，装下棺木，墓室内的空间就很有限了。

徐谓礼的坟墓，在他生前已经准备就绪。其妻林氏早他七年去世，已于右穴"入土为安"。徐谓礼死后，开启左穴，并不会打扰已逝妻子的安宁。下葬时，棺木是垂直起降的，与汉六朝墓葬的模式不同。六朝的棺木，是沿着斜坡墓道，从前往后，送进墓室，再把墓门封砌，而徐谓礼棺木是自上而下垂直置入的。想当年，徐谓礼穿戴整齐，躺在棺木里，身着多重衣裳；尸体与棺木之间的空隙，用各种衣物塞紧，使其不会晃动。

南宋文人士大夫阶层的丧葬习俗，也相对"世俗化"，多以生前玩好和实用器物随葬。比如徐谓礼是个文官，除了随身衣裳，就以文房用品，笔、墨、纸、砚等物随葬。展柜中的这个唾盂，类似于今日的痰盂，用餐时吐鱼刺、骨头之类，这些都是生前的实用之物，可见其日常生活趣味。文书的随葬，更能说明问题，徐谓礼是官员，最能证明官员身份的东西就是官文书，各种委任状和证书。坛坛罐罐反映他的生活，文书体现他的身份。

墓室以防腐为主要追求。据盗墓者供称，文书原本卷成一轴，装在一个金属容器内，外表整体蜡封，然后置于灌满水银的棺木里。徐谓礼大概躺在水银里，然后把棺板扣上，棺盖和棺身用卯榫咬合，不用钉子。然后，棺木整体髹漆，朱红大漆，棺木无任何缝隙。

墓室体量不大，棺木和墓壁之间有限的空间内，再浇灌三合土，就是黏土、沙子、糯米浆、松香等搅拌起来，犹如今天的混凝土。然后，盖上石板顶，再把墓志倒扣在盖板上，最后，填筑封土，形成一个馒头状的坟包。如此层层叠叠，文书、尸体和棺木就和外界环境完全隔绝了，如果2005年未经盗掘，就算再过十年一百年，恐怕也不会腐烂。

三合土的打筑，是重大的技术进步。宋明以来，江南地区出土了很多有机质文物，主要原因就是三合土墓的成熟和流行。南宋大儒朱熹在《朱子家礼》中把三合土墓称为"灰隔"，并把这种技术推荐给广大民众。三合土，坚硬如同水泥地面，考古发掘时，用电钻都凿不开。2005年盗墓者应是先掀开顶板（徐谓礼墓志是盖在顶板上，被砸碎了），然后把棺木锯开一个小口，只够一个小个子出入，在一个月黑风高之夜，把文书盗走了。最后捕获的犯罪嫌疑人中，果然有个小个子，身高不足一米五。

文书出土后，2005年至2011年之间，长期在市场兜售，直到破案。

二

第二单元，叫"官场实录"，主要介绍徐谓礼文书的内容，根据文书解读南宋的官僚制度、官员任命、官员管理、政务运作的各种细节。这是展厅的核心。

广义的"文书"，指公文、契约、个人信札等公私文字图籍；狭义所指，为政务公文、法律条令、官员委任等文书，主要是往来于各级政府机构之间的公务文书。

徐谓礼文书共有十七卷，四万多字，主要由告身、敕黄、印纸三部分组成，其中，"告身"是官员最主要的身份凭证。在具体介绍文书之前，我们首先要明白两组基础概念：阶官和差遣；选人和京官。

宋代官制，一个官员的职官，由阶官和差遣两部分组成：阶官，也就是寄禄官，代表官员俸禄和品级，类似于今天的行政级别，比如副科、正科、副处、正处；差遣，是官员的实际职务，比如副局长、局长、副县长、县长。举例来说，"通直郎、知建康府溧阳县徐谓礼"——"通直郎"是阶官，正八品；"知溧阳县"是实际差遣，即溧阳县的长官，知县。

告身，主要就是阶官的"任命状"，即朝廷授予官员寄禄官的身份证书（南宋任命中央机构、路级转运使、地方节度使州等重要官员的差遣，也用"告身"，而不用"敕黄"）。《徐谓礼告身》就是各种委任状的汇抄，把他从十九岁进入官场以来的历次"转官"凭证，依原格式，抄录一遍，按年代先后编排起来。

选人和京官，也有必要说明。

宋代文臣阶官，分"选人"和"京官"两种。选人，自"将仕郎"以上至"承直郎"共有七阶；京朝官，自"承务郎"以上至"宣德郎"为京官，自"通直郎"以上至"开府仪同三司"为朝官，合称京朝官。自选人升至京官，称为"改官"，只有京官才有任职中高级官员的机会，"选人"只能浮沉于官场的基层。

改官，需要达到任官年限，更需要多位中高级官员的推荐。一般来说，从选人改为京朝官，需要十年左右，大思想家叶适《水心别集》中曾说："京官者，朝廷之所重，使天下士大夫，更六七考，用举主五六人而后得之。"如果缺少人脉，即便进士出身，也有可能终身无法改官，一生"老于选海"。从选人到京官，这一步非常艰难，打个比方，选人相当于"正处级"以下，京官相当于"副厅级"以上，厅级干部以上才算高级干部。但这很难，绝大多数的干部一辈子都到不了，对吧？

　　徐谓礼的生父徐邦宪，生前官至工部侍郎、兼知临安府、显谟阁待制，卒赠中大夫，为从四品的官阶。按照制度，可以荫补子弟为京官。叶适认为"京官"为国之名器，反对轻授于人，而今居然只要"使其为太中大夫、待制者，即以京官任子弟"。作为名门之后的"官二代"，徐谓礼于嘉定十四年（1221）、十九岁时荫补为"承务郎"，即京官之最低一阶，这是寒门子弟所不能梦见的。

　　此后三十多年的宦海浮沉，徐谓礼从第三十阶"承务郎"，升迁至第十八阶的"朝散大夫"。我们真为他而高兴，年纪轻轻，就以京官起步，起点很高；同时，我们也为徐谓礼文书而遗憾，他的告身直接从京官开始，而宋代选人的系统文书，至今未见。

　　1. 告身

　　宋代的告身，有实物传世，后头要讲的《司马伋告身》就是原件；当然，也有抄件、副本。颜真卿把自己的一个任官抄一遍，叫《自书告身》，这是书法爱好者共知的。告身，象征身份，子孙世代永宝，证明自己是官户人家，享有相应的权利。徐谓礼文书的原件，应该收藏在家族里，当然中央吏部的架阁库（档案库），可能也有一份存档。随葬的文书，叫作"录白"，古代没有复印机，只能把文书按原样抄录一编，做成副本。副本由官府指定的书铺抄录，经官方核对、加印，在法律上是合法、有效的。当然，徐谓礼用来随葬的副本，只为了在阴间证明身份，不必加印盖戳。

徐谓礼文书，到底由谁抄录？说不清楚。杭州师范大学的方爱龙老师，将文书与由徐谓礼撰书的其妻林氏墓志，进行笔迹比对，认为文书出于徐谓礼本人之手。但是，不能据为定论。古人有避讳的规定和习俗，比如帝王的名讳，必须回避，宋代铜镜改称"照子"，据说是为了避宋太祖赵匡胤祖父赵敬的"嫌讳"，同音字都要回避，本字"敬"就更不用说了。然而，这种常用汉字，躲无可躲，只好采用"缺末笔"的方式回避，就是不写"敬"字的最后一个笔画；徐谓礼生父徐邦宪，字文子，文书中果然有几处对"文"字进行缺末笔的处理，只写点、横、撇三笔，而省去最后一捺。这是徐家的"私讳"，孝子遇到父亲的名字，理应避讳，不会直接书写，如果父亲名叫"徐明"，朝廷让他到明州当官，那他就有正当理由拒绝赴任。所以，南宋皇帝的名字，故意选用一些冷僻字，赵顼、赵昚什么的，正常人根本用不到的字眼，这大概也算"仁政"吧，比较人性化，不至于太扰民。但在徐谓礼文书中，避讳并不严格，同样的"文"字，偶尔避讳，更多的并不回避。若为徐谓礼本人书写，应该不会如此漫不经心。

这是题外话。总之，文书的书写者是谁，至今是个谜。

接下来，我们根据南宋《司马伋告身》原件，来详细解读告身的基本格式和官员任命、审批的流程。

司马伋，北宋大儒、《资治通鉴》作者司马光的孙子，南渡后，家住在绍兴。在展板中，描红的部分，叫"制词"，这是告身的主体部分，是由中书舍人或翰林学士撰写的"四六"文体，即六朝以来流行的骈体文，内容是乾道二年（1166）朝廷任命司马伋为"淮西总领"差遣的理由，说这是个怎样重要的岗位，司马伋如何德才兼备，又是司马光的名门之后，必定胜任这份工作，诸如此类。现在的文学史上老说，四六骈文，虚张声势，华而不实，其实这种文体，音节铿锵，念起来特别有仪式感，有腔调。写这种文章的词臣、翰林学士，都是文章高手。自从欧阳修等人高举"新古文运动"的旗帜，士大夫的日常写作，基本上回到了司马迁《史记》的传统，但六朝以来的骈文，依然保留在官文书的制词里。

制词的结尾处，有"奉敕如右"字样："敕"是上行文书，唐宋时期的三省六部制，三省是中书省、门下省、尚书省；六部是尚书省下的吏部、礼部、兵部、户部、工部、刑部。中书省，负责起草官员任命的文书，门下省负责审核、封驳，最后报给皇帝批准，并以皇帝的名义颁发，即为"奉敕如右"。古人从右至左，竖向书写；今天的横排文字，自上而下书写，"如右"就是今日的"如上""如前"。

"奉敕如右"的下面，又有"牒到奉行"四字。"牒"是下行文书，就是把经过上级批准的任命文书，传递给下级。各部门走完签署的程序，交给尚书省执行。

中书省负责起草，门下省负责审核，经皇帝批准后，由尚书省负责执行，彼此联系，互相牵制，这就是官员任命的基本程序。尽管南宋后期，中书省和门下省合二为一，但在文书格式上，依然保持着各自独立的形式。在徐谓礼生活的时代，宋宁宗、宋理宗皇帝相对弱势，屡屡出现为韩侂胄、史弥远等权臣操纵的情形，经常绕过三省的正常程序，利用皇帝直接以"内批""内降"的名义，相当以"领导批示"的形式任免官员，甚至屡屡涉及特别重大的人事。但这毕竟是制度外的做法，在当时也广受争议，无须细说，我们主要还是根据文书，解读制度框架内的政治生活。

"牒到奉行"之后，图版中描成蓝色的部分，可以看到许多官员，官位由大到小，依次对司马伋的任命进行签署。乾道二年没有任命宰相，所以，带头的中书令、侍中一栏空缺；从时任参知政事魏杞开始，签署了一个"杞"字，始有正式签押，"参知政事"即副相；紧跟其后的"芾"字，是时任权参知政事蒋芾；后头的签名人"岩肖"，即陈岩肖，身份是给事中，也就是门下省负责审核的官员；给事中后的"曛"，即中书舍人陈曛，就是文书起草人，也即前面提到过的拟定制词的文章高手——他们的身份很高，签名就够了，无须连名带姓。

大家签名后，再把正式任命，交付尚书省的吏部，由吏部负责执行。后面的内容，是吏部官员的签署，可以看到吏部尚书空缺，由"权吏部尚书周执羔"签署，他是当时吏部的代理长官。

图版中的黄色部分，是吏部走完前头的程序，所拟定"告身"的定稿，也就是吏部交给官告院制作"委任状"的正式文本。

官告院，是制作告身的具体办事机构。图版绿色区块中有"符到奉行"字样，这是吏部下发官告院时的居高临下的命令口吻，官告院根据上述内容制作告身。后头就是官告院具体经办人员的签名，他们的官阶很低，签署必须连名带姓，例如"主事杨安泽"，以便于日后追究责任。

以上是一道完整的告身，体现宋代文书生成、官员任命和政务运作的整个过程。徐谓礼告身，凡十一道，尽管内容有异，但体例类同，有兴趣的朋友可以根据这种解读模式，逐一品读。

2. 敕黄

与告身不同，敕黄，是差遣的委任状。徐谓礼一生，共担任过十三个差遣，其中将作监主簿、太府寺丞、提举福建市舶兼知泉州，这三任差遣的委任文书，用"告身"（南宋任命中央机构、路级转运使、地方节度使州官员差遣，例用"告身"）；其余的十个地方官任命，均用"敕黄"，由尚书省签发，共十通，其中九通是具体的差遣，一通是提举宫观的"祠禄官"任命，完整记录了徐谓礼的任官履历。敕黄共一卷，由多纸粘接而成一长长的卷子。

我们来看两道具体的敕黄文书，解读南宋地方差遣的任命程序。

这是端平元年（1234），尚书省签发授予徐谓礼"知溧阳县"差遣的牒文，即今江苏省溧阳市的长官，替代前任知县徐耜。牒文末尾的押字，"陈"是陈贵谊，时任参知政事；"乔"指乔行简，东阳乔宅人，同为参知政事。"右丞相"是郑清之，鄞县（今浙江省宁波市鄞州区）人，权臣史弥远的同乡，两人关系密切。乔行简、郑清之的后头，各写有一个"假"字，推测文书签发之日，二人在告假中，或许正在度假呢。

祠禄官的任命，同样颁发"敕黄"文书。宋代文官政治，以对士大夫宽厚、优容而著称。北宋神宗朝，王安石变法遭到很多大臣反对，"祠禄"就是用来安置不同政见者的做法，让他们提举宫观，提举临安府洞霄宫、台州崇道观之类。他们自然无须到道观上班，更不用去做道士，无非给一个领俸禄的名义。这是宋代特有的做法，真可以看出宋代文官政治的宽厚仁慈。如果在明代，臣僚不听话，是要廷杖的，当众打屁股，羞辱你。

这是淳祐二年（1242），奉议郎（正八品）徐谓礼主动向朝廷呈递申请祠禄的札子，获朝廷批准后，授予"主管台州崇道观"的任命，并由尚书省签发牒文。该文书采取"套牒"格式，尚书省在下发的牒文前头，全文引用徐谓礼的申请报告原文（札子）。末尾，照例也要相应官员的签署才能生效，"别"是别之杰，时任同知枢密院事兼权参知政事；"范"是范钟，兰溪人，时任知枢密院事兼参知政事。末尾的"右丞相"，就是大名鼎鼎的史嵩之，鄞县史弥远的侄子。

当然，徐谓礼不用到台州的道观上班，在家待着就是了，正如文书所谓"任便居住"。

徐谓礼的告身和敕黄，勾勒出他一生仕宦的"行迹图"。徐谓礼最后的任命是"提举福建市舶兼知泉州"，泉州是当时世界性的贸易大港，可惜，他未正式上任就去世了。我们看到他的足迹并不远，只在今浙江、江苏、江西三个地方辗转。

3. 印纸

文书中，以"印纸"数量最大。印纸，是综合性的官员档案。官员上任之初，上级部门颁发一份印纸相随，相当于今天的"干部人事档案"。将官员在任期内的作为和表现，逐一记录在内，叫作"批书"，作为日后考核、升迁的依据。印纸，此前只见于宋代的文献记载，徐谓礼"印纸"，首次得见实物，作为研究南宋政务实际运作的绝佳材料，真是独一无二的瑰宝。

印纸，类型众多，有待阙、转官、保状、到任、交割、解任、考课（也就是考核）、服阕等各种内容，合计八十则，共十三卷。无论在待岗或上岗状态，官员的所有重要行为，均要纳入印纸的记录和监控范围。

我们依然具体解读几个实例，看看不同类型的印纸，分别有哪些特点。

（1）"考课"印纸。考课，就是考核，在职官员接受上级部门的政绩、功过考核，既有"清正、治行、勤谨、廉能"等通用的考核指标，也有针对不同差遣的具体考核指标，比如催缴赋税钱粮、地方治安等。以考核等第，决定官员的奖惩升黜。

宋代规定一年为一考，这是平江府（今苏州）对其所属吴县丞徐谓礼的年度考课文书。徐谓礼于绍定三年（1230）正月十二日到吴县丞任，至绍定四年（1231）正月十一日刚好任满一年，接受年度考核。吴县将徐谓礼的申状（个人述职报告），以及众人的证明担保，一并送呈平江府，由平江府长官审核，并批书印纸（记录在档案内）。

文书的第一部分，就是徐谓礼的申状；第二部分，为考核内容，名目繁多，包括有无请假、出差，荐举他人有无违规、有无拖欠钱粮定额，等等；末尾列名的，是负责批书的书记员，还有平江府官员，依由低到高的官衔，依次签押。

（2）"转官"印纸。前头说过，从选人到京官，是关键性的飞跃，叫"改官"，京官内部的官阶升迁，叫"转官"。转官，可分三种：磨勘转官；敕恩转官，遇皇家恩典而升迁；推赏转官，因为功绩而升迁。后两种与任官年限无关，最常规的是磨勘转官，也就是按照年限，考核合格，予以转官。从印纸看，徐谓礼晚年，在淳祐五年（1245）至淳祐七年（1247）三年之内，连升三级，是其官运亨通之时，未详何故。

这份文书是徐谓礼磨勘转官、由临安府发给的印纸。前面部分，说他由正九品的承事郎，经过三年磨勘，升迁至从八品的宣义郎；中间部分，是负责记录文书的官吏签名，书记员位阶不高，故而连名带姓签署；末尾部分，是临安府官员根据官阶从高到低的顺序，依次签押，表示对此事的知情和负责，他们只需签署姓氏就可以了。当时的徐谓礼，虽新授"知吴县丞"，但前任吴县丞曾揆仍在任上，尚未"满阙"。徐谓礼在临安府"待阙"（等待上岗），故而需要临安府出具证明。

南宋官员，一个差遣的完整任期，通常经历待阙、交割、到任、请俸禄、考课、解任的过程，均需记录在相应的印纸里；甚至在待阙、奉祠、丁忧的赋闲状态，也要记录在案，确保朝廷对官员管理的全覆盖，不能出现时间上的空白期。

宋代"员多阙少"（官员多，岗位少），官员主要有三个来源：一是科举正途；二是荫补，即"任子"；三是纳粟，卖官鬻爵。其中，荫补的"官二代"，数量尤其多，导致"员多阙少"的局面。官员接到任命后，通常因为前任官员还在岗，需要等待前任离职后方能上任，更有其他官员排在他前头等待上岗的。所以"待阙"过程，待上一年半载，纯属正常。待阙期间，赋闲在家，但是具备官家的身份，在乡下受人尊重，有权举荐他人。待阙期间也有俸禄，只领基本工资，没有岗位补贴，所以贫困的官员，迫切需要上岗。

等啊等啊，总算上岗，那就要与前任官员进行职事交割，离岗审计，把前任的摊子收拾干净，不能因为前任的过失影响自己的仕途。

一个差遣，正常任职是三年，每年一考课，周年"一考"，第二年"二考"，三年"三考"。三考合格，升官走人。在某个岗位任职超过三年，多出来的任期，算作"零考"，作为零头，计入下个任期的考课。离职之前，当然要履行"解任"程序。这些都记录在印纸里。

举个例子。这是徐谓礼在"权知建康府溧阳县"到任后，当即向溧阳县所属的建康府申状（打报告），建康府依程序对其印纸、官告等凭证进行核验。批书人除时任权知建康府蔡某，更有其他负责审核各种凭证的吏员。在批书中，注明徐谓礼到任的时间是端平元年四月二十六日，这是为了约束官员按期到任，不得拖延。

到任后，徐谓礼依例与前任知县徐耜交割职事，包括各种账目、印信等。

（3）"服阕"印纸。服阕，就是守丧期满除去丧服。端平三年（1236），徐谓礼母亲陈氏去世，他依例解任回乡守孝，称"丁忧"。嘉熙三年（1239）一月，丁忧期满三年，"服阕从吉"，向武义县所属的婺州申状要求"起复"，并记录在印纸内。

古人所谓"五服"，分为斩衰、齐衰、大功、小功、缌麻的五等亲。父母和儿子，是血缘最密切的一等亲，需服斩衰礼，回家守制二十七个月，其间不行婚嫁之事，不预吉庆之典，服满才能"起复"，重新出山。听说过南宋史嵩之、明张居正故事的，就知道围绕大臣的丁忧和起复，曾经引起过怎样的风波。

（4）"保状"印纸。印纸中，以"保状"数量最多。大凡申请朝廷封赠、奏荐荫补、贡举解额，都需有官员出面担保。将保官所保之人事记录在案，一为防范诈冒不实，二为日后追究滥保的连带责任。"徐谓礼印纸"共有保状三十三则，涉及七十人之多，有条保状涉及贾似道。

这是绍定三年（1230）徐谓礼为赵与懬赴尚书省吏部铨试开具的保状，并呈递给上级部门平江府，由平江府审核后批书签署。按照制度，赵与懬可能因为父辈的恩泽，荫补为承务郎，但须经吏部铨试合格，才能授予实际的差遣。批书，照例由专门的书记员记录，即文书中间那行"手分"字样，后为平江府各级官员签署，末行是时任平江知府朱在。徐谓礼为赵与懬担保，保证绝无伪冒，如果信息不实，举荐人将负责任。

徐谓礼保状，涉及很多人，除在信州任上举荐下属各县官员外，还有大批金华、武义附近的同乡，有些恐怕还与他沾亲带故，赵与懬可能就是金华地区附近的宗室。官僚士人有自己的圈子，在利益的基础上，形成各种关系网络，我给你举荐，你帮我担保，彼此提携，共同进步。为什么连进士出身的人都会"老于选海"？主要因为难以获得三五个身份较高官员的推荐。寒门子弟，或者不善于经营关系之人，混在官场，处境艰难。有人宁愿放弃地方县丞、学官的正经差遣，跑去帅司当幕僚，唯有如此才能接触到高层次的人，求得几份保状。唉，说来都是泪，因为寒门子弟，比不得徐谓礼这样的"名门之后"。

需要指出的是，徐谓礼文书的价值，并不只在于告身、敕黄、印纸的完整性，还在于三者的彼此联系，对照研究，可以窥见许多官场的奥秘。例如，嘉定十四年（1221），十九岁的徐谓礼获荫"承务郎、主管临安府粮料院"，综合告身、敕黄考察，在此后的五年间，他一直在家待阙，但运气不错，遇到一次朝廷恩典，一次新皇帝登基，蒙受恩泽，连升两级，转官为"承事郎"。

从印纸上看，徐谓礼还未上过半天班，但对候任官员的考课就已经启动。对一个待岗期间的毛头小伙而言，够得上批书的事件，大概只有转官和保状两项——徐谓礼文书的优点，正在于清晰、完整和系统。

三

第三单元"名门之后"，主要介绍徐谓礼的生平，及其家族和人际网络，最后以他在信州知州任上为例，介绍宋代地方官员日常生活的一般情形。

《宋史》《武义县志》未为徐谓礼立传，但根据文书和出土墓志，可知其生平。徐谓礼（1202—1254），字敬之，武义县人，因生父徐邦宪恩荫入仕，三十多年，宦海浮沉，从第三十阶"承务郎"，升迁至第十八阶的"朝散大夫"，由"从九品"升至"六品"官，宝祐二年（1254）卒，走完了一个南宋中下层官僚的典型人生。

其妻林氏（1201—1247），南宋名臣林大中的曾孙女。徐谓礼生母陈氏，据说是永康"事功学派"代表人物陈亮的妹妹。周密《癸辛杂识》说徐邦宪与陈亮是"内外兄弟"。周密的笔记，道听途说，未可尽信，但他们的关系确实密切。徐邦宪和陈亮是绍熙四年（1193）的"同年"进士，徐邦宪是"省元"，省试第一名；陈亮为该榜"状元"，殿试第一名。徐邦宪在殿试时，被调整为第三名，变成"探花"，一时传为科场佳话，很多年后，依然为周密等文人津津乐道。

这些版面，徐邦宪、林大中、陈亮的生平，无须讲解。我只想说明，徐邦宪家族作为武义的显赫之家，与永康大家林氏、陈氏，门当户对，广泛联姻，颇可见当时社会风尚之一斑。

徐谓礼有个名声不佳的亲戚——宋末权臣贾似道，他一手遮天，权倾天下，对宋史稍有了解的人，没有不知道他的。印纸文书中的第三十三则"保状"，徐谓礼曾经因为贾似道叔父贾直夫的请托，出面为贾似道的亡父贾涉担保"合得恩例三次"，可见徐家与贾家交情不浅。

周密《齐东野语》中有个有趣的故事，说徐谓礼与贾似道是姻亲，徐谓礼擅长看相，曾为年轻的贾似道相面，预言他"异日必可作小郡太守"，将来能当一个州府的长官。按理说，这也不坏，未料贾似道其人，志向远大，一肚子不高兴。后来，贾似道出任宰相，徐谓礼走后门求官，贾似道真的给了他一个"小郡太守"，即信州（今江西上饶）知州。其实，宝祐二年徐谓礼去世时，贾氏还未居相位，徐谓礼受贾氏关照，得官信州知州，不太靠谱。

这个八卦，估计是后人为坐实贾似道的刻薄和小心眼而编造的。不过，徐谓礼最后的重要差遣，确为信州知州。

徐谓礼知信州，下辖十来个县，从淳祐八年（1249）十二月到任至十二年（1253）六月离任，共三年零五个月，完成"三考"，外加五个月的"零考"。作为一州之长，徐谓礼守护一方，教化一方，主要职责是执行朝廷政策，定期足额上缴两税，负责下属的荐举和考课，这些在文书中均有记录。

徐谓礼在信州期间，对其下属27个职位进行全面的推荐，是迄今所见保存最完整的州级长官荐举材料。其时，一旦被举人有重大过错，可以依据追究保官的责任。

展厅里还有信州衙署的复原模型，大家可以借以想象宋代州县长官日常办公和生活的空间。州县长官，与民众关系最为密切，被称为"亲民官"。

信州衙署，未经考古发掘，复原模型主要参考平江府、庆元府（今宁波）衙署平面格局的一般情形，带有推测的成分。

同时，我们还建了南宋临安城的复原模型，由此可以看到位于杭州凤凰山的南宋皇城与"三省六部"等衙署之间的空间关系。

这种复原，自有深意在，观众可以据此展开合理的想象——徐谓礼文书绝非抽象的存在，当年，它们曾经在具体的历史空间里，真实存在过。

四

第四单元是"以史为鉴"，主要介绍南宋中央机构、地方行政的权力架构。前头所有的解读，都围绕徐谓礼这个中下级官僚的个案展开，而徐谓礼的政治生活又是在南宋官僚制度体系的大框架下展开的。根据南宋"皇城图"以及朝廷权力机关设置的图表，大家可以想象朝廷权力运作的空间。

宋代中央集权的特征，是比较明显的。地方州县官员的考核和任免，都出自朝廷。那么，中央该如何控制地方？首先，州府负责属县官员的管理和考核；州府和中央之间，则有"路"（监司）一级的设置，负责考核、监督、举荐、弹劾。在"地方行政设置"图表中，可见中央与地方的垂直关系。

宋代文官政治的重要特征，就是权力互相制衡。在中央，三省分离，彼此牵制。三省六部以外，设有独立的监察机构——台谏，以制衡相权。

权力的根源是人事任免权，文书的核心就是人事任命的程序记录。在官员任命中，各机关彼此制衡，这就是中枢权力平衡的大要，也是我们理解徐谓礼文书的基本历史背景。

在地方，"分权制衡"的理念，也得以充分贯彻。州府长官是知州、知府，副手是"通判"，主要职责在于监察知州。县级政区，设有知县、县丞、县尉以负责地方民政和治安，同样贯彻了分权制衡的理念。

宋代奉行"崇文抑武、以文治国"的文官政治，结束了晚唐五代以来的乱世，把社会引向文治和安定的局面。

宋孝宗说"本朝家法远过汉唐"，宋代是士大夫的黄金时代，形成皇帝"与士大夫共天下"的文官政治。

文官政治，以科举制度为基石，以权力制衡为理念，文书展现的人事任免程序，完整体现了南宋官制运作的基本面。相对公正、开明的政治氛围，是南宋社会稳定、经济文化发展的制度基础。宋代文官政治凝聚着古人治国理政的经验和智慧，对今天也不无启迪。

展厅的最后，是北京大学历史系教授邓小南的一段讲座视频，对徐谓礼文书的历史和学术价值，做了全面的总结和升华。如果大家愿意用半小时的时间，听听邓老师的讲座，一定有所收获，有所启发。

谢谢参观。

附记： 这是武义博物馆"南宋徐谓礼文书"专题陈列的讲解词，因为广泛涉及南宋政治、官制、文书、墓葬制度等专门领域，将文书的基本历史背景和信息向社会做有效的传播，并对新上岗的讲解员进行业务培训，当然大有必要。2019年4月，应武义博物馆邀请，我领着讲解人员在展厅转了一圈，针对众人疑问，尽量作解。本文就是根据当时录音整理的文稿，尽管在文字上有所增删、有所条理化，但尽可能保留说话时的机锋和口语痕迹。我向来认为，最好的讲解，是口语的，是闲聊的，是生活的，是不着痕迹的精心准备。

　　为了便于读者理解，涉及文书具体格式和内容的解读，本该酌情配备图片。但考虑到配图后，与全书的整体风格不协调，只好忍痛割爱，敬请谅解。

语 石

第二编

墓志八题

近年，在田野考古工作之余，我以搜集、整理浙江出土的宋元墓志为务，编撰《丽水宋元墓志集录》《台州宋元墓志集录》诸书。我像个严谨的科学家，小心处理古人的遗物，整理、点校，不带一丝情感。然而，人非草木，读得多了，不免有些额外的想法，遂感慨系之。

墓志

工作不久，我就写关于古物的文字。有位前辈说："小郑，科普搞得不错，加油，但主要精力要放在业务上。"

长辈的话，我时刻铭记。但所谓忠言逆耳，我对此也有保留。由于对"科普"持不该有的高标准，我认为本人不配搞科普，倒更像个"卖笑的"，只要"咏物"不出硬伤，有点真实的情感或趣味，个人的、小众的、大众的，都可以。如果朋友从中读到了知识，算是额外的奖赏。

那时，除了古物，也作别的杂文。后来觉得，考古人生活单纯，阅历平平，文坛高手林立，写不过别人。遮羞最简洁的办法，就是搁笔。

不写了，渐渐至于古物也不写，分不清是"不能"还是"不为"，或者兼而有之。

最后，我认为自己是从事考古科学的，近十年，专注于宋墓调查、发掘。接着，收集浙江出土的宋元墓志，录文、点校。

墓志是古人墓室中随葬的传记文字，有子为父（母）撰、夫为妻撰、弟为兄撰或者请名人代撰等多种情形。这是程式化的文字，记述墓主人名讳、世系、卒葬年月，当官的罗列一堆头衔。平民无功名可述，只讲他是个君子。至于女子，就说她如何做一个贤妻良母好儿媳。末了，照例有点表示悲痛的话。我见过的墓志，十之八九如此。

这些冰冷的石头，在我眼里，只是古物，也就是史料。我的任务是整理古物，至于古人的亲情、生死和悲欢，程式化文字下的复杂情感，与我无关。

我偶尔还是会写古物，却从不拿墓志说事，这是我用力最勤的地方。原因好比我督促孩子功课时常说的话，严肃点。

　　学者严耕望在《治史三书》中援引钱穆先生的话，说我们研究国史应该心存温情（大意如此）。我却以为科学家应该把古人古物往手术台一扔，冷眼旁观，是谓"客观"。后来，偶读严耕望《唐代交通图考》，少见的、严谨的、朴实的历史地理巨著，文字简洁，很少情感，以科学家的标准，大概极少有人能与他相比。又后来，读别人缅怀严耕望先生的文章，说先生读书之余，最喜游山玩水，尝以未到黄河为憾，始悟学者的底色竟是炽热的家国情怀。

　　对我来说，读书只是一部分，田野才是更大的舞台。一年到头，东奔西忙，调查宋墓，收集墓志，很少与父母联系。偶尔通话，报声平安，汇报孩子简况。至于工作，从不提及。

　　前些年十月的一天，手机响了，是母亲的声音。

　　"嘉励，我和你爸爸想买一块公墓，那墓地风水不错，价格公道。不要你们兄弟俩出钱，只是与你们商量。"

　　我不知该如何接话。只是觉得，父母确实渐渐老了，他们所关心的，我从未想到。

　　那年年前，由于文物普查，我到家乡出差。来去匆匆，没能顺道回家。

返杭，已是年底，我对小孩说："今年一起回家过年。"

小孩说："不去，那边不好玩。"

"爸爸一年在家住不了几天……爷爷奶奶更想见的是你，不是我……"我说。

忽然，我趴在桌上，浑身乏力。妻子不知所措，轻抚我背。孩子问，是不是爸爸被爷爷奶奶批评了。

亲爱的小孩，我该怎么回答。

这些年，访墓志、录碑文、调查古墓，一丝不苟，客观公允。只是那通电话，击中了内心柔软的地方。

墓志中的男人

这些年，抄录了很多南宋墓志。按贾宝玉的说法，人分两种，一种是泥做的，一种是水做的。

同理，墓志也分两种，男人墓志，女人墓志。这次只说男人，即"泥做的"墓志。

同样是泥做的，有的人是女娲娘娘精雕细琢的，有的人是她粗制滥造的。所以，南宋的男人，有富贵贫贱的差别，墓志也一样，概而言之，又有品官墓志、平民墓志之分。

大贵之人，高贵到给玉皇大帝盖瓦的，譬如南宋皇帝，葬身绍兴宋六陵，据目前掌握的资料，他们并不随葬墓志或者说并无随葬的必要；贫贱之人，低贱到替阎罗王挖煤的，则没有能力或毫无必要置办一块刻字的石头。假如我们把随葬的墓志，当成死人向阴间报到的通行证或驾驶证，那么，就如今天看到的一样，贫贱的人开不起汽车，而富贵的人又无须亲自开车。

经过层层筛选，男人只剩下了高级品官、低级官吏、富裕平民这三种人。如此，文章好做多了。

先说品官。假如是位进士出身的贵人，这位贵人想必自幼敏而好学，进士及第后，一路不停"转官"，通篇墓志也就是他历次升迁的履历，真是一篇罗列头衔官帽的千古奇文。假如我们对南宋官制未做过功课，满眼熟悉的文字，读着似乎有点懂，其实连一知半解都算不上。想了解功名利禄在男人心中的分量，根本不必皓首穷经，只消读一通墓志就够了。

稍稍翔实的墓志，都有些具体的事例。照字面上说，这位贵人勤于职事、廉洁奉公、爱民如子，以至于在离任的那一天，自发前来送行的队伍浩浩荡荡，全是些恋恋不舍的人。官人退休后，衣锦还乡，寄情于田园山水，饮酒啸咏，优游终日，实足一个江湖派的诗人。

再说荫补出身的低级官吏或者寄身于官府的大小幕僚。他们毕生浮沉于基层，品级较低，在京城里可能不算什么，可是在地方，人家大小也算官，或许还是权倾一方的"诸侯"。所以，墓志的写法，与前者大体类似。

最后说的平民，其实分好多种，有的是体面的文人，有的是巨富，有的是豪强，不妨统称其为"有力之家"。体面文人，可能参加过科举考试，屡试不第，遂绝仕进之意，从此以诗书自娱，好谈性命之学；巨富之家，无不以慈善事业为务，铺路架桥，不在话下，每逢饥荒，他就拿出自家的粮食赈灾，人家欠他高利贷，他就当着人家的面把地契、欠条烧个精光；地方豪强，在字面上，跟巨富几乎没有差别，只是威望更高，邻里之间不免有点龃龉，只要他肯出面调停，说"为这点鸡毛蒜皮吵架，家乡的脸面真被你们丢尽了"，于是人们无不畏服，都称他公道。万一地方上有了匪乱，登高一呼的人一定是他，家乡平安所能依赖的人，一定也是他。

你不要认为，南宋人的道德水平冠绝古今。其实，他们在底色上，跟今天的一般人并无差别。乐善好施的富人，"积善之家，必有余庆"，他们子孙满堂，且一个比一个有出息。至于他们如何致富，墓志通常不会说，你不知道我也不知道。据说他们"不肯本分营生，专好做那无赖之事，从此撒泼，做那不公不法之事"，然而又"生性慷慨，真有一掷百万之意，从此乡里人又服他豪爽"——这番话不是我说的，这是古代白话小说描写土豪时常用的套话。

还是宋代的范纯仁说得好："若避好名之嫌，则无为善之路。"

墓志中的女人

为收集、整理浙江宋元墓志，我经常工作至深夜。

墓志的分类法很多。其中，男性墓志、女性墓志的两分法，是最简洁、有效的一种。

古人说立德、立功、立言是人生三不朽之事业。"学而优则仕"，当官的履历，便是立功，有诗文传世，便是立言；士绅土财主，修桥铺路，是为立功，有文集数卷"藏于家"，是为立言。中等的人家，立功、立言攀不上，道德却是人人有份。于是，墓志就专讲"立德"，说某男子如何像个真正的君子。

女子，并无立功、立言的说法，于是，就只说她是个贤妻良母好儿媳。

女人，是父母生的，在未出嫁之前，她的职责是温柔听话、孝顺父母。

嫁为人妇，应贤惠顺从，夫妻之间相敬如宾。据说"嫉妒是女人的天性"，但墓志中的女子绝非如此。丈夫生性豪爽，整日与朋友在家吆五喝六，妻子忙家务，端茶倒水，面无愠色。总之，无论丈夫为人如何，事业成功与否，她都是称职的贤内助。丈夫也是父母生的，做好贤内助之外，还要孝敬公婆，与妯娌和谐共处。为人实在太好了，所以"举族无间言"。

为人母了，一意督促儿子读书。运气好的，儿子得个功名，母以子贵，皆大欢喜。万一希望落空，也没关系，教育儿子专心务本种田，也算美德。

女子时时刻刻为别人而活，唯独没有自己，赵氏、钱氏、孙氏、李氏们，连自己的名字也没有。这种生活，大概是无趣的。所以，多半的女子，甫过中年，即日诵佛经，至死不辍，这与识字与否，并无关系。

　　墓志的末尾，通常如此。女人乐天知命，几乎能预知生死。忽有一日，遽得"微疾"，也就是无伤大雅的急性病，处理后事，丝毫不乱，然后安然离开，一点也不会拖累他人。

　　墓志中的女人，就这样走完了"完美的一生"。

　　你不必奇怪，为什么女子千人一面，好像人人都是曹娥孟母七仙女。因为妇德对女人的要求，从来毫无二致。

　　很遗憾，真正底层社会的女子是见不到的，因为她们在身后，或被一把火烧了，或者草席一卷，扔了，不会有墓志留下。实际上，即便她们随葬了一块刻字的石头，内容也不会相去太远，只是详略不同罢了。同样是因为妇德的要求，放之四海而皆准，不分贫富贵贱。

　　只要不在外地出差，孩子入睡前，翻开童话书，给他讲故事，是我的日课。

　　巧了，今天翻到的一页，正是叶圣陶的《稻草人》。

　　稻草人站在老妇人的稻田里。老妇人的丈夫、儿子相继死了，她的眼泪流干了，害虫吃光了她的庄稼，老妇人再也挤不出一滴眼泪；河边的渔妇，为了明日的早餐，狠心不顾病中的小孩，任凭孩子哭闹，直到他失去了最后一点气力；还有一个猪牛不如、为人随意买卖的女人，来到河边，喃喃自语，寻了短见。稻草人站在稻田里，一切都看在眼里，却喊不出声，一动也不能动……

故事有点长，还未讲完，小孩已经酣然入梦。

睡吧，这样也好，我的小孩，何必听这残忍、无趣的童话呢；睡吧，这样很好，我回到书桌前，可以继续整理古人的墓志了。

妻子责怪道："每天三更半夜，不知道忙些什么。你的这些东西，全世界都不会有几个人愿意读。"

"又不是投资拍电影，难道还要讲票房。大不了浪费点墨水，爱看不看，有几个算几个。"我说。

"诡辩，我说不过你。"妻子递上茶水，掉头就走。

墓志中的夫妻

我用过五年的时间，调查、发掘浙江的南宋墓葬，发现稍稍体面的宋墓，通常是夫妻合葬墓。

夫妻合葬墓，一般采用双穴并列的埋葬形式，男左女右，这是"死当同穴"的见证；左右排列的长方形墓室，有些略有错落，左室比右室稍高，这是"夫为妻纲"的表现。

夫妻各居一室，有各自独立的空间，中间以砖墙或石板隔开，有的在隔墙中间开以"小窗"，彼此的灵魂，在地下由此沟通。这种葬制，苏轼《东坡志林》称为"同坟异葬"，赞许其"最为得礼也"。

这种"最为得礼"的葬制，在南宋盛行。盛行的原因，主要在于"得礼"。什么是礼？夫妻死当同穴，又不失男尊女卑的分寸；夫妻各就各位，又相敬如宾，心气相通。这就是礼。

有些夫妻合葬墓，在丈夫与妻子的墓室，各置墓志一通，记述各自的祖先、籍贯、配偶、子嗣、性格、才能、生卒年和葬地。这是人生的盖棺论定。

丈夫是男人，是"主外"的。他的墓志，主要用来记录"立德、立功、立言"三方面的大事，家庭琐事之类，原则上可以忽略。墓志提到他的妻子，通常就这么一句话，"娶某氏"云云。他们繁衍的子女、孙子、孙女乃至曾孙的情况，都通常较此详细。夫妻之间，除此，再无别的话。

从墓志的详略，我们可以得出这样的结论：丈夫对待妻子，远不及他对子孙热情，他对老丈人都有可能比对妻子更有感情，如果老丈人大富大贵的话。他们的婚姻，首先为了传宗接代，其次为了两大家族的利益结合，夫妻的感情排在第三位，或许根本无法入围前三。

　　我的结论，肯定是偏颇的。墓志是冷冰冰的，而《全宋词》中有的是悱恻缠绵的男人，其中必定隐藏着许多对妻子一往情深的好男人。只是宋人跟今天的男人差不多，不太好意思表达对妻子的爱恋。于是，他们多情的诗篇，全献给了萍水相逢的女人。

　　妻子是女人。女无外事，是"主内"的。她的墓志，就是一个温和的贤内助、孝顺的儿媳妇、慈祥的母亲、称职的厨娘、人情练达的管家婆的传记。她打理家务，井井有条，丈夫在外头专心干大事，无须过问家计，绝无后顾之忧。

　　她的墓志，从不描述她的相貌。但她的随葬品中，最常见金银首饰、奁盒、梳篦、粉盒和铜镜，又可见外表对于女人的重要性，哪怕身处来世。男人承认美貌的重要，又坚信美貌不等于"美德"，甚至恰恰相反，宋词中的美女多为别人家的女人。他们认为，妻子主内，足不出户，美貌只好比夜行的锦衣，出来混的男人，才需要风度翩翩，人模人样。所以，倒是男人的墓志，偶尔乐意承认他是个美男子。

　　她的墓志中，同样看不到爱情。相敬如宾，才是古人认可的高境界的夫妻关系，彼此当客人，既热情又不太亲昵，既独立又不太疏离。大凡圣人教导的做人道理，读上去简单，做起来很难。举例说明之——南宋时期，某个丈夫去世了，妻子当然必须痛哭，但是她的哀伤应该适度。如果让人看到她哭得太过伤心，这将妨害丈夫的名誉，人们会无端猜测她家的男人没出息，只晓得在内闱厮混，讨妻子欢心。

女性读者一定会因此愤愤不平，以为宋代妇女简直就是时代的牺牲品。我对此深表同情，但女权主义的历史学家说，女人一味强调自己的悲情，既不客观，也无助于自身的解放。

宋代家庭的具体生活中，很多男人稀里糊涂，精明的女人取而代之，成为家族的实权人物，垄断经济大权，主导子女教育。这样的例子很多，宋人话本小说中的悍妇或妒妇，让臭男人无不闻风丧胆。这是令人欣慰的，今日家庭主妇的理想，在宋朝至少已实现大半。

由南宋墓葬可知，很多夫妻以实际行动实现了白头偕老、死当同穴的理想。对此，我是很乐意赞美的，只是他们各自幸福与否，这个问题我们永远无法替古人回答。

刻字的石匠

我读过很多宋元墓志碑刻。三教九流，各色人等，不同的人生，同样的归宿。读碑，除了能够长一点见识，增添些感慨，本身并无太多审美的意义。论辞章，谀墓文通常不算好文字；论书法，世人重北朝隋唐，轻宋元碑刻，至于明清碑版，在"眼格"较高的朋友看来，简直不堪入目，这是有位书法家告诉我的。

我不想介绍具体的碑文，这是一种具有固定格式的文体，记录志主的生平事迹、卒葬岁月，一切行礼如仪。末了，在志石左下角的不起眼的角落，通常又缀以"某某刊""某某镌"的一行小字。碑文至此，才算画上句点。

"某某刊""某某镌"中的某某，就是刊工的姓名，即当年以刊刻石碑为业的石匠。他们不避狗尾续貂之嫌，署名于碑文之末，是"物勒工名"的意思，表明他们愿意对产品的品质负责。或许有人会问，墓志深埋地下，大家既非土行孙，也看不见，又何必署名，郑重如此？你可知道糊口不易，石匠以刻字为生，除了墓志，他们平常更多的活计可能是其他矗立于地表的丰碑巨制。万众观瞻的碑刻，既需要物勒工名，也有必要为自家的手艺吆喝赚人气，签名签习惯了，双手一打滑，在墓碑上署名，也未尝不可。我同时也认为，这种细节颇能见出古代工匠良好的职业道德。

同样的石匠，我儿时见过很多。在马路旁，他们左手握凿子，右手持榔头，面对石板，叮叮当当。刻字之余，不时俯身吹气，每吹一口气，石粉末末纷纷扬起，将他们的头发、眉毛染成白色。渐渐地，石板上显现出无数秀美的汉字。我是很崇拜石匠的，他们用凿子在石头上刻的字，比我作业簿里的铅笔字漂亮。我甚至爱上他们的"白发"，有样学样，偶尔顺手抹点白粉末末在头发或眉毛上。

石匠以刻字糊口，惯常以字数多少计费。这种方式，我不陌生，如果这篇小文有幸登上"报屁股"，报社的朋友照例会支付稿费，就是按字数算的。印象中，这十年米，稿费很少变动，尽管我家门口的菜场，一斤青菜从五毛钱卖到了五块多。我不清楚宋代的石匠是否有过类似的经验，愿他们幸福！

"推敲派"诗人的吟诵，字字皆辛苦。石匠的生活也不轻松，自山间凿下毛糙的石头，搬运、切割、打磨、将字迹摩勒上石、刊刻、修整定稿，每道工序都不能省。这活吧，貌似体力活，又是手艺活；说是手艺活，还是耐心活；说是耐心活，更是文化活，十足文盲，如何刊碑？想来真心不容易。

　　因为是要求很高的技术活，一地的石匠通常都来自世袭其业的石刻世家。比如，金华武义县出土的南宋墓志，多数由童姓的人家刊刻；台州临海县的宋代石匠，多半姓王；宁波鄞县的石匠，南宋前期多姓陈，南宋末年至元代多为茅姓人士，元代的茅绍之尤其著名，大书画家赵孟頫的文字指定由他掌刀刊碑。可惜，石工来自社会底层，不曾留下详细的传记。我们即便没有百分百的依据，也有七八成的把握，推测那些垄断一地生意的石匠大多来自"家传其技"的世袭家族。

　　了解这些掌故，甚有必要。都说古人的文章简洁，欧阳修"环滁皆山也"五个字，让今天的人写来，不知要多少啰唆。对古人而言，多一个字就是多一块钱，欲将《醉翁亭记》刊刻上石，始信"惜墨如金"绝非空话。现代人写文章，拉拉杂杂，这事不能全怪电脑，要怪就怪今天我们按文章的篇幅长短付费，而非依字数多少收钱。

　　我刚才说过了，反正稿费已多年未涨。我建议，不如索性取消稿费制度，一律按照篇幅的长短，向作者收取版面费，每个字收它十元八元的，看那些专爱在报章上说瞎话的人还敢不敢胡说八道。

价值的排序

今天浙江的县市，多数创置于唐宋以前，少数晚至明清。金华、处州、衢州三府交界之地，阻山隔水，老百姓交租服役，进城不便，天高皇帝远，也容易诱发匪乱。明成化八年（1472），有司有感于此，遂分割金华、兰溪、龙游、遂昌四县边境，创设汤溪县。

唐宋的旧县，县城规模相对较大，例如兰溪县（今兰溪市），向有"小小金华府，大大兰溪县"的说法，绕城跑一圈，挺累人的。明代新置小邑，例如处州府宣平县，金华府汤溪县，县城通常偏小。汤溪的旧县城，即今金华市婺城区汤溪镇，南北大街，东西小巷，走下来，不费多少工夫。

县城再小，衙署、文庙、城隍庙等基本标配，必不可少。据明商辂《建汤溪县治记》载，新建汤溪县城时的主要建设，分有先后顺序：首先建造县衙，其次是文庙，再次分司郡馆，次阴阳医学，次市井街巷。接下来，依次才是城隍庙、社稷坛、风云雷雨山川诸坛。而城墙的竣工，则更在汤溪设县十年以后。

全新的城市，在白纸上规划，一切从无到有。我不清楚，汤溪城市的建设，是否严格遵循了商辂所描述的顺序，但这顺序的编排，显然反映了士大夫心中"价值观的顺序"——衙署乃政治中心，是县官治理一县、教化一方的场所，论重要性，理应居首；政教为先，文庙乃一地文脉所系，理当名列第二；等而下之，依次为分司郡馆、阴阳医学、街道坊巷等官用、民用的设施。待日常政治、文化、经济和生活有了基本的保障，方才开始兴建城隍庙、社稷坛等宗教迷信类设施。先问苍生，后问鬼神，这是士大夫必须坚持的政治正确。

唯独城墙是个例外。不能说保境安民的城墙与民生无关，事实上，这恐怕是一座城市最重大的设施和地标。无奈工程量大，最为劳民伤财，一般官员，本着"多一事不如少一事"的原则，条件不成熟，断不敢仓促上马。

无论如何，新规划城市的建设顺序，反映了古人"以人为本"的政治理念。如果将顺序颠倒过来，从城隍庙开始建设，以衙门收尾，则必有"不问苍生问鬼神"之讥，是完全不可想象和不能为人所接受的。

　　两宋之交，"金石夫妇"赵明诚、李清照，收藏金石文物颇丰，作为中国历史上著名的收藏家、学者和诗人，为人所共知。金人南下，宋朝失掉中原后，赵明诚夫妇在流亡途中，藏品逐一散失。李清照《金石录后序》乃古往今来收藏家的第一伤心史，我每次阅读，都唏嘘不已。颠沛流离中，他们无法带上全部藏品，只好忍痛依次割弃，"先去书之重大印本者，又去画之多幅者，又去古器之无款识者。后又去书之监本者，画之平常者，器之重大者"。后来，形势持续恶化，赵明诚更是交代李清照："必不得已，先弃辎重，次衣被，次书册卷轴，次古器，独所谓宗器者，可自负抱，与身俱存亡，勿忘之！"

　　赵明诚夫妇割爱的顺序，正是不同类别藏品在士大夫心目中的价值排序。书画古籍，古器珍玩，一切皆可抛弃，唯独"宗器"不可，必须与身共存亡。"宗器"大概是宗庙神位、祭器吧，显然较古籍书画价值更高，最能象征家国文化血脉的传承，这是与生命同等珍贵的东西。

　　一切物品，皆有价值。价值的决定因素是"人"和生命的传承。

　　北宋的文同，以画竹名世。苏东坡说，文同的文章，是他道德的糟粕，诗是文章的毫末，"诗不能尽，溢而为书，变而为画，皆诗之余"。可惜，世人只爱文同的画，却不读他的诗文，更不效仿他的美德。以坡翁的价值排序，画最低端，其次是书法，然后是诗歌、文章，最高级的是道德。世俗不识货，舍本逐末，只爱他的画。苏东坡发这种牢骚，也许是因为他认为，人的气质和德性，决定艺术的高下。

相对于道德命题，人生更加本质的是生命。《论语·乡党》："厩焚，子退朝，曰：'伤人乎？'不问马。"——马厩遭火，孔子首先关心人的生命，而不是马。这是个好故事。

后人编故事，也常常拿火灾考验我们的价值观。据司马光《书仪》卷十《影堂杂仪》，影堂是供奉有祖先肖像的祠堂，若"遇水火盗贼，则先救先公遗文，次祠版，次影（即祖宗肖像），然后救家财"。这是祠堂救火的顺序。墓志铭作为传记文体，主要用来表彰人物的道德和嘉言懿行。我读过很多的墓志，温州乐清县有一通明代墓志，说，有个孝子，家里失火，应该如何救灾呢？首先，他应该妥善安置好父母和老人；其次，抢救历代诰命文书；再次，抢救祖宗肖像和先人文集。至于其他，金银绸缎、地契借条之类，抢救多少算多少，烧了，也不可惜。

我读过好几通类似的墓志，既有明代的，也有宋代的，总借无情的火灾，来考验并印证墓主人正确的价值观。今天，我写这篇文章，很想找出原文核实，却总也找不到，可见即便在"大数据时代"，好记性不如烂笔头的道理，也没有完全过时。

古人救火的顺序，当然也是价值观的顺序：诰命文书、祖宗肖像、先人文集，象征家族的传承和荣誉，较之物质财富更加重要。当然，最宝贵的是亲人的生命。

是的，生命，人的生存和命运，最为重要。但这问题至此就到头了吗？

墓志的叙事，总是太过厚道，它本来应该这样设问：亲人同时溺于水火，父亲、母亲、爷爷、奶奶，我们应该先救谁，后救谁？然而，自古以来的墓志，都不敢如此设问，即使问了，答案也无非一样，所有人都要救，一个也不能少。非要分出个先后顺序，那是存心为难好人的离经叛道的异端坏蛋。

但我对自己从未读过真正"刻薄"的中国古代墓志，是很在意的。古人的文章，在今天看来，如果说缺乏思想性，我猜想，多半的原因，就因为他们太过温良厚道，从不把自己灵魂深处的价值观，逼到墙角来深切拷问。

人，生而自由，却无往不在选择的困境之中。但愿我们都能像古人文章中描述的正人君子，临危不乱，毅然决然，做出一切理所当然的正确选择——自然，这是最好的。

无字碑

陕西乾县武则天陵墓，陵前有一通高大的无字碑。

有人说，这是因为武则天的功德，大到无边无际，天下文字不可胜记；也有人说，武则天自以为平生毁誉参半，是非功过，且让后世自由评说。于是，在墓前留下空白的石碑。

这些说法，我是不信的。皇恩从来浩大，只见过小芝麻被吹成大西瓜，谁曾见过刻意低调的帝王？退一步讲，就算唐朝很开明，帝王的功过是非，也不会让天下苍生说了算数。如此通情达理的中国帝王，除非脑袋坏了。

墓地上的神道碑，宣扬志主的功德，作为人生的盖棺论定，通常在身后树立。唐中宗恢复唐朝正统后，一定为这篇文章伤透脑筋——对自己的母亲，曾经的大周皇帝，好话没法说，坏话不能说。君臣相顾茫然，乾陵前就有了无字碑。

不知你对此有何看法？反正我想起这块著名的无字碑，首先想到的就是他们李家人的苦衷。

据说，东晋贤相谢安、南宋奸相秦桧墓前，各有一通无字碑。清代学者梁绍壬《两般秋雨盦随笔》卷六"没字碑"条说："谢太傅墓碑无字，伟绩丰功不胜记也；秦太师墓碑无字，秽德丑行不屑书也。"这种好人坏人的简单粗暴的分析，我也是不信的。

想来也是，"无字碑"的说法，根本文理不通嘛，既然是碑，应该有字。无字碑，好比说这是本无字的书，那是个沉默的演讲家，岂不无厘头？然而，历史上的无字碑确实存在，一定有其原因。

那么，墓前为何频频出现无字碑？让我以南宋为例，说点自己的看法。

古人死后，入土为安，同时在墓圹里随葬一块写有字的石头，即墓志，也叫"圹志"。圹志，通常是急就章，内容也简略，简要叙述墓主人名讳、世系、行实、生卒年月、埋葬地点等，一般由墓主人的亲属执笔。

金华市金东区南宋郑刚中墓出土的《郑刚中圹志》，由郑刚中的儿子郑良嗣撰写。他在文章末尾说，父亲的道德文章"须托名笔于神道，以信万世，良嗣不敢称述"。意思是，我的文字只是临时埋入地下的，至于地面的皇皇丰碑，则应该请名家来做，本人德行一般，才疏学浅，不敢做这样的文章。

身份显赫的人，地下随葬圹志，同时又在地表树立丰碑。圹志深埋地下，反正别人看不到，自家人将就写过，潦草一点自无妨。而墓表碑刻，乃观瞻所系，必须请名人执笔，非但要内容翔实，更要文采斐然。

乞铭于名家，费时耗力，如果不幸遇上个摆谱的、扭捏的名人，拖个一年半载，也是常事。所以，神道碑的树立，通常比下葬晚好几年。宁波市奉化区溪口镇的南宋魏杞墓，是魏杞下葬数十年以后，才正式树立由丞相郑清之撰写的神道碑。

有力之家，生前开始营建墓地。今日温州地区流行的"生坟"习俗，古已有之，南宋人称之为"寿藏"。墓地之上，早早万事俱备，只欠东风——准备妥当一块空白的石碑，只等着死后，请名人填上。

于是，问题来了。像秦桧这样的人，生前的名声，已然不乐观，去世后，树倒猢狲散，人缘又不好，我估计不会有人愿意出面为他写墓铭。这就有可能催生无字碑。

别以为古人都是孝子，历史比我们想象得更复杂。向名人请铭，既麻烦又费钱。请不到、请不起、不愿请、不屑请、没时间请，凡此种种，都有可能催生无字碑。

还有另一种状况：台州临海县双港乡的南宋谢深甫墓，墓前也有无字碑。谢深甫的孙女谢道清，后来是宋理宗皇后。原本计划立于墓表的文章，已经请人写好了。可是，谢氏子孙宦游在外，无人出面张罗摩勒上石的事，一拖再拖，墓前又多出一块无字碑。

王十朋的墓碑

王十朋（1112—1171），温州乐清县梅溪人，故号梅溪，其文集称《梅溪先生集》。王十朋少有大志，然科场坎坷，直到四十六岁，方得中进士第一，即状元。入仕后，立朝有大节，力主起用张浚北伐，恢复中原；外任有政声，在夔州、泉州等地任上，深孚众望。南宋一代，王十朋素以气节名世，其政绩，其道德，其声望，堪称文官之楷模。

　　乾道七年（1171）七月，王十朋卒于家，享年六十岁，同年十二月六日"葬于左原白岩"，即今乐清市四都乡梅岙村牛塘山，其地距离梅溪故居仅里许。坟墓所在，山环水绕，当地人称为"状元坟"。作为乐清史上最大的乡贤，"状元坟"受到后世官民的善待。明末清初，墓地石像森严，碑亭巍然。1944年10月15日，"一代词宗"夏承焘先生造访梅岙墓地，见到"墓门将欲倾坏，石人石马皆半陷，墓碑二方亦剥蚀，以纸墨拓五六纸，朱子题盖，南轩书，碑（文）可辨者尚十五六"，知其规制尚存（夏承焘《天风阁学词日记》）。直到"文化大革命"期间，墓园才遭摧毁。如今重建的王十朋墓，除了残存的部分石像生尚为原物，面貌去古已远，仅作为历史文化名人的纪念地，列为"浙江省文物保护单位"。

　　原先的碑亭，内立《有宋龙图阁学士王公（十朋）墓志铭》（后简称《墓志铭》）碑，由汪应辰撰文、张栻（号南轩）书丹、朱熹篆盖。三人同为名满天下的大儒贤臣，与志主一道，合而为四，故称"四贤碑"。

　　四贤碑，长期矗立于地表，是乐清最著名的古碑。可惜，毁于"文革"期间，今天只残存150个字的残块，保存在墓地附近新建的"王十朋纪念堂"里。

墓碑前头的三行文字，记录撰书人信息，其文曰：

> 端明殿学士、左中奉大夫、提举江州太平兴国宫、
> 上饶郡开国侯汪应辰撰。
> 承事郎、直宝文阁、权发遣静江军府、广南西路
> 兵马都钤辖兼主管本路经略安抚司公事、赐紫金鱼袋
> 张栻书。
> 宣教郎、新权发遣南康军事朱熹题盖。

这些格式化的文字，有必要全文照录，因为由汪应辰、张栻、朱熹名前的头衔，可以考见墓碑形成的过程。根据人物职官断代、辨伪，是历史研究的基本工具之一。

汪应辰，绍兴五年（1135）中进士第一，生前与王十朋有旧。据结衔，结合汪应辰生平，可知他撰铭时，已经奉祠赋闲，当在淳熙元年至二年（1174—1175）之间，其时距王十朋下葬，已隔三四年。

尽管汪应辰是王十朋的生前好友，然而，当孝子王闻诗、王闻礼向他请铭时，仍然需要提供事先准备好的有关志主生平事迹的素材，即"行状"。据朱熹为《梅溪先生集》

所撰序文，《王十朋行状》为温州知州莫子齐所撰。莫子齐知温州，事在乾道九年（1173）。孝子请他为乃父作行状，事在王十朋下葬后一年有余。

换言之，在王十朋下葬之初，尚无墓志铭。用来随葬地下的，或许只有孝子执笔、临时刻就的圹志。圹志内容简略，一般只记录墓主人生平世系、生卒年月等简单信息，以防后世的陵谷变迁。请人撰铭需要时间，而葬期日迫，无法久等，故经常以圹志权宜替代由名家撰写的正式墓志铭，这是当时丧葬的惯例。

汪应辰完成《墓志铭》文本后，孝子继而邀请张栻书写志文。王十朋生前与张浚、张栻父子，同样交情深厚。据考，张栻于淳熙二年（1175）二月"知静江府"，淳熙五年（1178）进秩"直宝文阁"。可知张栻书丹，又在汪应辰撰铭三年后。

古代墓志，分志盖、志身两部分，上下扣合。志盖多以篆书刻题，故称"篆盖"或"题盖"，北朝、隋唐墓志有很多这样的实物。朱熹知南康军，事在淳熙五年或稍后，可知朱熹为《墓志铭》"题盖"，又约在张栻书丹一年后。

逐一完成上述步骤，孝子才能邀请石匠，将汪应辰的文章、张栻的书法、朱熹的篆题，刊刻立碑，树于墓前。

这是南宋墓碑形成过程的常见情形。

墓志铭的性质，是由名人执笔的、体例和内容更加完善的正式"圹志"，一般来说，要随葬于墓室之内。然而，刊碑之日，距离王十朋下葬已隔八年。孝子贤孙，不可能只为了安置新刻的墓碑，就鲁莽地掘开父祖的坟墓。于是，只好将墓志铭碑，树立于墓表或神道，并建亭覆之。这种状况在南宋品官墓地中同样普遍存在。

按照隋唐时代的传统，神道碑与墓志铭，可是两样东西，不能混淆：神道碑，树立在地上，仅限于帝王及少数勋臣，重点宣扬墓主人功德，以供人观瞻；墓志铭，深埋地下，重点记录墓主人生平，以备异时陵谷变迁后辨识之用。北宋中期以后，随着墓志铭的内容日渐繁复，"圹中之铭"与"神道之碑"逐渐趋同，司马光、苏轼就认为二者既然相同，在墓地中就无须重复设置。到了南宋，墓志铭与神道碑的内容或形式，几无区别，很多人就将墓志铭当成神道碑，树立于地表。这种做法从南宋流行开来，在江南地区很常见，王十朋墓只是其中一例。

《有宋龙图阁学士王公（十朋）墓志铭》是地面上的丰碑，不像隋唐墓志那么方方正正，是无法配备志盖的。朱熹所谓"题盖"，其实只是置于碑首的"题额"——南宋墓志铭的形式与置放空间，相较于前朝，发生了巨大的改变，然而他们的措辞习惯，依然承袭着古老的传统。

墓志铭，是对一个人的最终评价，必须郑重其事；墓碑，为观瞻所系，关乎祖先与家族的记忆与荣誉，尤不可不慎。

王十朋墓地正式立碑，在其下葬七八年以后，参与墓碑创作之人，极一时之选。所谓"君子立其诚"，只有名公大儒的参与，才能赋予墓碑以道德的公信力。尤其像王十朋这样以气节立身、道德名世的人物，非但必须邀请名人名家，更必须是其生前的故交好友，绝非厚颜攀附的所谓名人可以敷衍成文。

古人立碑，是一件多么郑重、庄严的事啊！

界碑

国有国界。我不曾沿国境线走过，这里就不说了。

省有省界。浙江省温州市苍南县沿浦镇界碑村的界碑山上，立有一块界碑，朝着苍南县一侧，镌刻"平阳县界，正德四年十二月吉旦"字样，朝福建省福鼎市一侧，上书"福宁州界"。这通明代的界碑，像个忠于职守的哨兵，今天依然守护在浙闽两省边界线上。

县有县界。丽水市青田县温溪镇洲头村土名"界碑头"的地方，也有界碑，一面刻"处州府青田县界"，另一面刻"温州府永嘉县界"。因为后来行政区划调整，温溪镇已整体划归青田县。这通清代的界碑，像是守株待兔的愚汉，仍然不合时宜地站在老地方。

以上两个例子说明，诸如界碑之类的文物，唯有留在原地才有意义。前者说明传统可以顽强生存至今天，后者证明沧海桑田，一切都会改变。明白这个道理，很有必要，以后我们到乡下访古，见到老房子漂亮的门窗、牛腿，不必惦记着把它们拆卸下来，带回自家收藏。有些东西，离开老地方就没意思了。

我们都是良民，不会整日出没于边境，像个鬼鬼祟祟的特务。所以，省界、县界之类，跟多数老百姓的生活未必有很大的关系，这更像"官家"的事。话说金华府东阳县境内出了匪乱，东阳的县官急了，发兵镇压之，土匪闻风窜入台州府天台县，东阳人松一口气，凯旋，因为别人的地头不关我事。然后，天台的县官急了，发兵镇压之，土匪闻风又窜入处州府缙云县。天台人心神稍定，缙云人急了，土匪又躲进金华府永康县。如此躲来藏去，匪乱终不肯歇。最后，上头急了，下令东阳、天台、缙云、永康各割出一块，设一个新的县，这就是磐安县。从此，安如磐石。

言归正传，接着说跟老百姓关系更密切的界碑。我们漫步于杭州的河坊街、中山路，假如眼光愿意朝下，就会发现胡庆余堂的墙角镶嵌有界碑，上书"胡庆余堂界"，当然"张同泰"也有类似的墙界。城市中无处不在的墙界，时刻警示大家"井水不犯河水"。

在广袤的乡野，山有山界、地有地界、田有田界。有

人把山地的"界碑",直接刻写在天然的岩壁上,标明山地
的东、西、南三面各至何处,而北界呢,就是你现在看到
的这块刻有歪歪斜斜文字的岩石。当然,最后一句话才是
重点,大家看仔细了:自勒石即日起,任何人不得侵占我
的领地,否则后果自负。

2004年,我在龙游县湖镇寺底袁村考古发掘,在一片
荆棘丛生的山地动土。突然,锄头下蹦出一块写有"孙界"
二字的界碑,不知是什么朝代的。老乡说,怪了,我们的
村庄方圆十几里,没有一户孙姓人家。听完议论,我像个
忧伤的诗人,感慨系之:唉,把自家田地看这么紧,到头
来,红尘来去一场梦。

但我终究不是诗人。我真诚地认同,大伙的田地最好
各有明确的界碑,不要搞成"你好我好大家好"的样子,好
像我的东西就是你的,你的也是我的。到头来,纠纷不断,
大打出手也未可知。

过去乡下的田界,多数并无正规的界碑。张家筑一道
田埂,李家扎一圈篱笆,王家插几根稻草,赵家指一指远
处的大槐树,就是他们的界碑。结果,张家的猪越过田埂,
跑到李家的地头拱了几垄番薯,李家的篱笆被王家往后挪
了一小圈,王家的稻草不见了,赵家遥指的大槐树去年枯

死了。

　　我读过一点清代的司法档案，知道这类事件最容易激发民间诉讼。多数是些民事案件，但极端的会惹出人命，可以够上"绞监候""斩立决"的重刑。细究起来，地界纠纷事件，有些共同的特征，归纳如下：起初只是口角冲突、污言秽语，紧接着推推搡搡、头破血流，竟至于闹出人命。

禁示碑

过去，在一些偏远的乡村：

有人上山乱砍滥伐，火烧山林。圣人有忧之，在山脚设立禁示碑。

有人下河滥捕鱼虫，以毒物害鱼。圣人有忧之，在河边设立放生碑，说这不是"天地好生之德"。

男女混杂，挤在戏台前，男女大防，由此而坏。圣人有忧之，戏台边有了禁示碑，禁止妇女白昼看戏。

端午节，龙舟竞赛，激发了人们的好斗之气。圣人有忧之，设立禁示碑，禁止龙舟赛。

农闲时分，村庄中总是有人聚众赌博，事端滋生。圣人有忧之，村口树起禁赌碑。

有人家里穷，娶不起老婆，兄弟去世了，就跟嫂子接着过。圣人有忧之，在他家门口立一块禁止乱伦碑。

…………

　　上述行为，虽然不足以触犯刑律，但倘不加约束，人心由是不古，斯文因此扫地，为敦厚人伦计，禁示碑是必须因事增设的。

　　这些石碑，今天能见到的不在少数，既有官府颁布的，也有民间订立的，多数为清代、民国的遗物。

　　官府颁布的禁示碑，碑额常有"勒石永禁""奉宪禁碑""奉宪勒石"等字样，意思是奉了上头的旨意，自今勒石，凡违禁之事一律禁绝。

　　文言文有些大白话所不及的好处。比如"勒石永禁"，寥寥四字，抑扬顿挫，读来就有气势。前几年，我在庆元某山村看到一条墙头标语，"谁烧山，谁坐牢"，干净有力，这才是真正的好文字。

　　紧接着"勒石永禁"标题的，一定是篇冗长的说教。叫人不要干这不要干那，文字却偏又十分古奥，引经据典，说圣人如何说，我们该如何做，总不愿意让老百姓轻易明白。你或许会问：当年的乡下人十有七八是文盲，能读懂吗？假如你真这么问，那就外行了。文章写成这种格式，是修辞的需要。你想，村庄中就这么几个人识字，也就是所谓"乡绅"。乡绅站在石碑之前，手指碑文逐条讲说，摇头晃脑，多神气啊。而目不识丁的听众，懵懵懂懂，目光呆滞，这才格外具有威严的、神圣的仪式感。

　　一番说教后，必有具体的惩治措施。比方说罚钱，或者送官打屁股。碑文末了，又缀以"凛遵毋违""决不姑息"等字样，以示本禁令绝非空文。

　　出自民间的石碑，更多以族规、乡约的形式来约束犯禁者。碑文相对浅白，既无苦口婆心的说教，也少"之乎者也"的腔调。对犯禁者，除了罚钱、"罚戏一台"，也有禁止他进入宗族祠堂的。当然，我也见过"罚砖头五百"的石碑。

　　过去，我家乡的人以晒盐为业，有人卖私盐、偷盐卤，东窗事发，除了没收非法所得，还要罚放电影一场，让人民公社的全体社员观看。放电影的费用约十元钱，不算太多，主要是丢人。古人有罚戏、罚砖头的故事，吾乡的规矩也算大有古风。

　　个别简单粗暴的石碑，大概认为其他办法都不好使，索性在碑文中诅咒别人断子绝孙。这不太好，但是对那些无所畏惧的人，又有什么好办法呢？

　　有个村庄的禁赌碑，索性祭出王法，说："论王法，赌博之禁，杖一百，枷两月，重则徒三年，流三千里。"严重的赌博原本就触犯《大清律例》，朝廷既有大法高高在上，民间又郑重申明之，这算什么意思？好比杀人是重罪，而村口居然又立一碑，榜书曰"禁止溺杀女婴"，莫非女婴不算人？

好在我读过的形形色色的石碑，有的在温州，有的在台州，有的在杭州，当然也有很多在衢州或者湖州，并不集中出现在某时某地的同一个村庄中。否则，面对这个碑刻林立的"古意盎然"的村落，你是该赞颂呢，还是该批判？而在人类理想中的桃花源，"勒石永禁"之类的石碑，应该是备而不用的，我猜想。

去思碑

　　福州市马尾区闽安镇的迥龙桥，桥头有一通清康熙十六年（1677）的"沈公桥碑"，镌有"惠德留思"四字。沈公，名讳不详，是当时地方的基层官员，可能做过什么好事，即所谓"惠德"，在他离任后，百姓于桥头立碑，表达内心的思恋，即所谓"留思"。

　　地方官是个好人，也是个好官，且有德政，老百姓自然感恩戴德。恩惠越深，感恩越深，感恩越深，思念越深，以至于非得树碑立传不可。

　　与我们通常的观念不完全一致，明清时期的地方官好像格外受到老百姓的拥戴。离任后，人们的思念之情犹如滔滔江水绵延不绝。于是树碑纪念之，这就是去思碑。

　　沈公桥碑，除了"惠德留思"四字，不曾详细介绍他的生平、道德、政绩，并非典型的去思碑。但立于桥头、路亭、官衙门口等人群密集的地方，却是去思碑的标准做派。树碑立传，讲求"广而告之"，如果有能力在电视上打广告，我们就不必在城乡接合部的白粉墙、电线杆上随处张贴、乱涂乱画。

杭州市萧山区临江亭的石碑，明嘉靖二十二年（1543）为萧山县令王聘所立。在王县令离任九年以后，萧山士民依然感念他的德政，遂立碑勒文，以昭永久。碑文首先介绍王县令的禀性——他的美德一切出于天性；接着介绍他的惠政，诸如减免钱粮、体恤民情、教养一方、廉洁奉公之类，不一而足；碑文末了，说王县令的芳名必将与石碑"同垂不朽"。

石碑落成后，覆以碑亭，亭临滨江大道，过路人见了，无不感动。这种格式的文章，才是典型的去思碑。

从事考古工作的人多少有点感触，这世界上能够永垂不朽的东西其实不多。临江亭的石碑终于还是朽了、失传了，没人见过实物，这是我从《嘉靖萧山县志》抄来的。各地的方志，有很多类似的文章，可见当年创立去思碑风气的兴盛。我读过许多去思碑，最后分不清谁是谁，脑子乱成一团糨糊，感觉它的文体近乎"谀墓文"，具体事例少，浮泛空话多。在文学史上，墓志铭倒有几篇情真意切的佳作，而去思碑为好文章的概率，几乎是零。

各地都有去思碑，但各地都不认为这些是好文章。大概是这个缘故，去思碑实物很少传世。乐清市虹桥镇瑶北村城隍庙前有一通明嘉靖二十七年（1548）的《治绩亭记碑》，是为乐清某知县所立的去思碑，原本立于古驿道上，碑亭毁圮后，被搬到了城隍庙。我在椒江也见过一些清代的去思碑，冗长无趣，我瞄了一眼，就过去了。

明朝万历年间，《牡丹亭》的作者汤显祖担任过遂昌县令，当地建有汤显祖纪念馆。前几年我去遂昌，纪念馆的朋友介绍说，汤显祖是个好官，为官一地，造福一方。我真心拥护他的说法，能够写《牡丹亭》的人当然有悲天悯人的情怀，何况汤显祖的宦迹，历历可考。但是，在朋友口中，好官的证据竟然是汤显祖离职后，遂昌县城曾经为他建造过遗爱祠、去思碑。

这我就不高兴了。建造生祠、去思碑，是当年流行的官场风气，魏忠贤的生祠还曾遍及天下呢。很多时候，去思碑只是官员自我标榜、民众献媚权贵的结果，并非当真恩德在民。去思碑的泛滥，糜财累民，也算是当年的"面子工程"。

明清时期个别正直的官员，很反对别人为他树立去思碑。好比说，有个狷介的文人，曾经写过几篇学术论文，发表过若干豆腐块大的杂文。某日，竟然神不知鬼不觉地被列入《中国文化名人录》，朋友闻讯来贺："恭喜，恭喜，你是名人了。"那文人恼了，说，你××才是中国文化名人呢。

戒石铭

今天的桐庐县分水镇县府第二招待所整洁而宁静，和人们熟悉的现代宾馆并无两样。明清时期，这里却是严州府分水县的衙署所在。

这个掌故，当地的年轻人知之不多，1958年分水撤县后，并入桐庐。衙门渐渐毁圮，终至于全然不见。我来到招待所，不为小憩，是为了这里陈列的明清碑刻，当年县衙及县学里的一些碑刻，闲置在这里。石碑很多，其中最吸引我的一通名叫《分水县戒石铭》。

《分水县戒石铭》碑刻，正面镌刻"分水县戒石铭，皇明嘉靖己亥夏六月朔日立"等字样。嘉靖己亥，即嘉靖十八年（1539），这是立石的年代。

碑阴篆额"圣谕"二字，中题："尔俸尔禄，民膏民脂；下民易虐，上天难欺。"

这十六个字，意思明晰，大意是，你的俸禄是民膏民脂啊，草民百姓是容易欺负的，但天上的神明看着呢，可不能糊弄。

这是告诫地方官员的官箴，故称"戒石铭"。

地方州、府、县衙门内树立戒石铭的做法真正流行起来，大概始于北宋。据载，"尔俸尔禄，民膏民脂；下民易虐，上天难欺"官箴，是宋太宗御制的。南宋人袁文《瓮牖闲评》载："今州县戒石铭云'尔俸尔禄，民膏民脂；下民易虐，上天难欺'，此太宗取孟昶戒百官文切于事情者，使刊之州县庭下，庶守令朝夕常在目前，而不忘戒惧耳。"将戒石铭的由来和功能说清楚了。

南宋初，宋高宗曾几度颁示戒石铭，督促地方官员刻之于石，立于衙署大堂之前，"以为晨夕之戒"。

元明两朝的地方衙门，设置戒石铭的做法很普遍。我们读清雍正《浙江通志》"公署"篇，元明时期浙江境内诸县，一般都有戒石铭，通常在仪门之后、正堂之前的甬道上，并覆盖有碑亭。因为横亘大路当中的碑亭妨碍交通，许多地方改为牌坊的形式。戒石坊的正面，额题"公生明"三字，背后照例是十六字官箴。

这种做法，自有深意。人们走进衙门，自南而北，穿越仪门，迎面便见碑阳"戒石铭"或"公生明"字样，而地方长吏端坐正厅内升堂办公，抬头触目正是碑阴的十六字铭文。朝夕相对，正是警钟长鸣的意思。

《分水县戒石铭》原来也有碑亭，据民国《续修分水县志》记载，清末碑亭内悬有"延客惟谈公事，入门先问民情"的木版联句。如今，碑亭无存，石碑虽然还在衙署旧址，但已不在原来的位置。

过去的衙门普遍立有戒石铭，因此实物传世尚多。福建、江西、湖南等地都有戒石铭碑的报道，其中以明代居多，十六字官箴，完全相同，正如《分水县戒石铭》篆额"圣谕"所示，十六个大字，是朝廷颁布的为官一方的基本准则，不分地域，皆须遵循。

明朝几乎所有的衙门都有戒石铭，几乎所有的官员都知道戒石铭。但是读过黄仁宇《万历十五年》的朋友知道，明朝的吏治状况很不乐观。没有切实的制度保障，"尔俸尔禄，民膏民脂；下民易虐，上天难欺"的字句，再振聋发聩，作用怕也有限。袁文《瓮牖闲评》在介绍这四句官箴时，曾经各添了一句，成了如下的样子：

"尔俸尔禄，只是不足；民膏民脂，转吃转肥；下民易虐，来的便着；上天难欺，他又怎知？"

戏谑的文字，与正经严肃的戒石铭，恰好构成鲜明的反讽。

客星山与三老碑

　　严子陵先生是真正的隐士，优游世外，垂钓富春江上。自东汉光武帝以来千余年，其清操自守，高风亮节，天下尊之，绝无异辞。北宋名臣范仲淹知睦州时，撰有名篇《严先生祠堂记》，"云山苍苍，江水泱泱，先生之风，山高水长"。桐庐严子陵钓台，名闻遐迩。

　　其实，桐庐并非严先生之故里，他是余姚县龙泉乡客星里人，即今慈溪市横河镇子陵村。至于他为何不愿返乡而远赴桐庐养老，古书上没有明说，我们也不好瞎猜。据《后汉书·逸民列传·严光传》记载，光武帝刘秀是严子陵的老朋友，深知其贤，登基后，敦促其辅政。两人尝同床而卧，不知是严先生架子大，还是睡相恶，竟然将脚搁到了刘秀的肚子上，结果惊动上天，引起天象异动。次日太史奏告，昨夜"客星犯御座甚急"。

　　在谶纬盛行的汉代，天象异动是朝野关注的大事，这故事表现了光武帝的大肚量，严子陵的好品行，被传为千古佳话。

曾几何时，严子陵故里就叫了客星里；客星里附近有座小山，名曰陈山，传说严先生归葬此处，又名客星山。明正德八年（1513），墓前立有"汉征士严光之墓"的墓碑，并建有严先生祠、高节书院（光绪《余姚县志·山川》）。客星山下，有座石拱桥，始建于南宋，形若长虹卧波，曰客星桥。

2014年春，我去过客星山。客星桥早已改建为现代的平板石桥，绝无古意可供凭吊，严子陵墓祠与书院，也已无存。唯余眼前的小山，丛石隆起，向阳的山坡，挺立陡峭。我上山转了转，严先生的坟冢，荡然无遗，就连一座普通东汉墓的痕迹也未能发现。这种地形地貌的石头山，在东汉六朝时期，或许就不适宜建造墓地。

大凡历史名人佳话，名头愈大，故事愈传奇，就愈是不可究诘、不明不白。当年姜子牙垂钓磻溪，鱼钩是直的，也不挂饵，悬于水面上三尺，本着"愿者上钩"的宗旨，枯坐终日。我去过桐庐的严子陵钓台，钓鱼台壁立千仞，高高在上，距离江面何止百米千尺。鱼，肯定是钓不到的，只能钓出一段扑朔迷离的故事。

一竿风月，一蓑烟雨。钓客渔父的气质，最符合高人隐士的形象设定。曾几何时，客星山下，也有了"子陵滩"，传说为严先生钓游之处（南宋孙应时《烛湖集·客星桥记》）。不消说，这种古迹照例也不明不白。

不明不白的客星山，千百年来，坐落在余姚、慈溪两县交界之地，后来又发生了一桩不明不白的公案。

《汉三老碑》是东汉初的墓碑，记载地方官"三老"祖孙三代的名讳、忌日等，目的是让子孙有所避讳，并铭记祖辈的德业和忌日。作为江南仅见的汉碑，号称"两浙第一碑"，现在是杭州西泠印社的镇社之宝，其名贵可知。

关于《汉三老碑》的出土时间与地点，是一桩糊涂案。通行的说法是，清咸丰二年（1852）余姚周世熊得碑于客星山，有村民入山取土得此石，方方正正的，很适合砌筑房子，后来竟然发现石头上有字，就来告诉周世熊。虽然碑额略有残缺，幸而正文完好，于是，周世熊将其"移置山馆，建竹亭覆盖之"。清代后期，文人墨客多醉心金石碑刻，如此重要的文物发现，周世熊珍爱有加，实在情理之中。

据我的朋友、浙江省博物馆王屹峰先生研究，金石僧六舟早在道光二十九年（1849）路过余姚，就做过几种《汉三老碑》的拓本以赠友人，原拓至今仍藏于浙江省博物馆

（参见王屹峰《古砖花供：六舟与十九世纪的学术和艺术》）。在周世熊声称的墓碑出土前三年，六舟竟已访得此碑，真乃咄咄怪事。

后人大多沿袭周氏及其友人的说法，只是细节上略有差异，或说墓碑出土于客星山脚，或说山巅。据六舟转述周世熊的说法，墓碑在客星山巅重光之日，"骤然有飞沙走石"，无法起取，第二年，"备牲醴祭之"，才终于搬回家。

据我在浙东地区的考古经验，东汉墓葬多分布于山麓或半山腰，山巅不会有墓，山脚平地处也少有。东汉墓葬多数成群分布，只要发现一座，周边通常还有同期墓葬。然而就我在客星山所见，不仅地形地貌不宜建墓，地表也不见汉六朝墓砖等遗物，当时就对《汉三老碑》的出土地点心存疑问。

光绪《余姚县志》卷十六《金石上》"三老碑"条，转述通行说法的同时，特意加了一段按语，大意是：有个名叫宋仁山的人最早发现了《汉三老碑》，知道周世熊爱好金石，就将古碑送给周氏共赏（此事恐怕发生在墓碑出土多日以后），不料周氏见猎心喜，竟然连夜将古碑偷运回客星里老家藏匿。此后不久，客星里就有了客星山出土《汉三老碑》的传说——东汉严子陵故里、墓地上出土的东汉古碑，又平添了几分传奇色彩。

我对周氏的说法心存疑问，但这毕竟是周世熊、宋仁山两人之间的隐私，宋若不公开揭发，周也不可能自曝其丑，相反更有可能编造谎言以掩盖事实。当然，我们也不能完全排除这一切出于宋氏诬陷的可能性。一百多年后，我们已不能起当事人于地下以对质。这桩公案，终将成为一桩不明不白的无头案。

稍可宽慰的是，严子陵的故事万古流芳，至今脍炙人口；《汉三老碑》的学术价值、艺术价值为世人熟知，如今幸存于杭州西湖孤山西泠印社的"汉三老石室"内，供游人参观、鉴赏。

摩崖题名

凡名山大川，达官贵人、文人骚客到此一游，平整的崖壁恰似一张大宣纸，在上头刻下尊姓大名、年月日，做官的或曾经做官的，照例在姓氏前冠以长串的头衔。意犹未尽者，更要题诗一首，或者简述此行的经过、同游的伴侣。这类文字，就是摩崖题名。

今天存留的古代摩崖题名，以两宋时期居多，名山洞府，多半有此。此番情景，与今日游客在风景名胜区内涂刻"某某到此一游"并无不同。在一个地方吃好、玩好，兴之所至，留几个字，抒情遣怀，或借此留念，人之常情嘛。

所不同者：一、古人的摩崖石刻，除了大笔一挥的功夫，还要延请工匠摩勒上石，费力耗财，态度自然会较我们更加郑重、敬畏一点；二、古之题名的君子，多属文人墨客，至少也是乡下的士绅秀才，与现代人的训练不同，文字和书法总还说得过去，不像今之"君子"，人人能在墙头撒野，毫无门槛；三、摩崖石刻属于文物，倘若名人所为，又兼诗书精彩，则更珍贵，而今日名胜区内的涂鸦，够得上文物或艺术品标准的几乎没有，例同于损毁公物；四、古人中之心高气傲者，题名山川，心存为名山增色的宏愿，"山不在高，有仙则名"，欲为自然景观注入人文内涵，而今天持同样想法的人，大概很少；五、有些古人刊刻诗赋于石，冀望过往行人念一遍，借以普及、传诵，希望名垂青史，而今天报业、网络发达，好文章完全不必发表在石头上……

总之，古人题名，缘由大概可分两类：一、纯属个人行迹所至的留念，含抒发情怀的动机在内；二、如诗人所谓"将名字刻在石头上，想不朽"。

前几年，我对摩崖题名有点兴趣，尤其是两宋文物，收集了不少材料，还不时想，当年徐霞客游历名山，却不知网罗古刻，真是有明一代文化事业的极大憾事。如今，兴趣大不如前了，原因是这类石刻内容多半简单、空洞，只是关乎风雅，无关痛痒，甚至无聊。

我在衢州市衢江区金仙岩所见的两宋摩崖，路人甲乙丙丁至此题名，还不老实具名纳上，尽题以表字或斋号，几乎不知是何方神圣。让人眼前一亮的，唯有一通北宋宣和三年（1121）的几位武将的题名，因为里头提及他们到衢州、婺州讨伐方腊余党的事迹。

乐清雁荡山龙鼻洞、丽水南明山高阳洞、青田石门洞，题名极多。唐宋时期已然密密麻麻，明代人来游，无落笔之处，就将前人的题名磨去，将自家大名覆盖其上。后刻的名字，年代较近，多清晰可辨，徒然让后世笑话。三处名山中，留名的人多了，而至今为人传诵的也就是几款沈括的题名，不是沈括的书法有何过人之处，而是因为他是《梦溪笔谈》的作者。

据清阮元《两浙金石录》的著录，苏轼在杭州留有众多摩崖题名，而今存留的仅大麦岭一处。据说，近年仍有人在西湖诸山中寻觅被湮没的坡公鸿爪。其实，除了能够证明坡公寓杭期间醉情山水外，这类题名并无多少实在的史料价值。那么多人为此踏破铁鞋，只是因为仰慕坡公的艺术与人格。

"将名字刻在石头上，想不朽"是不能办到的，哪怕名前冠有长串的官衔。为后世记住名字的，多半因为他们生前的作为，好的或者坏的，有足够的影响。当然，最好是些好人好事。苏东坡题名，后人呵护有加，在兹念兹，倘若是秦桧题名，一身正气的人会设法将其磨去，唯恐这名字亵渎名胜。元代盗墓毁陵的番僧杨琏真伽，在杭州飞来峰的造像和题名，就是这样被后人凿毁的。

正所谓：古今多少来游人，石上模糊字两行。

沈括题名

沈括（1031—1095），字存中，杭州钱塘人，11世纪伟大的科学家，这是今人对他的称谓。当年并无"科学家"的名目，我们可以称他为进士出身的士大夫。他学识渊博，则又不妨称其为"通儒"。

北宋熙宁六年（1073）八月，两浙地区水患频仍，经王安石推荐，宋神宗命沈括相度两浙路农田、水利、差役等事兼任察访使。此后的半年多时间，沈括来两浙地区巡视，足迹遍及浙江。

我猜想，沈括自京城开封出发，必定沿大运河南下，抵达杭州。当年的内河航运，相对于陆路出行更加舒适便捷，只要水路可达，很少人愿意选择走陆路。

他离开杭州，前往处州、温州、台州地区。这一程，他取道金华、丽水，抵达温台。杭州至金华，理论上，最好是走钱塘江航道，可惜没有确凿记载，只能存疑。但我们可以说，金华至温州的旅途，想必为水陆兼程；武义至丽水段，可能以走陆路为主；丽水至温州段，应该是沿瓯江航道。一路上，走走停停，用去很多天。

这一程，沿途经过缙云县。仙都山，是缙云的风景名胜，文人雅士到此游览，留有大量摩崖题名。沈括来到仙水洞，题名崖壁曰"沈括奉使过此"。奉使，说明他是领有朝廷使命的钦差大臣，并非普通游客。

缙云至丽水城，山路崎岖，我估计需要一两天时间。南明山，是丽水城郊的风景名胜，照例也有摩崖题名。沈括来到高阳洞，题名曰"沈括、王子京、黄颜、李之仪，熙宁六年十二月十二日游"。这几行字，深藏洞内，风雨无法侵蚀，至今宛然如新。沈括列名最前，说明他是这支考察队的领队，其余是陪同官员，他们的生平大都可以根据文献考知，从略。

丽水至温州，途经青田县。石门洞，是青田的风景名胜。沈括莅临其地，题壁曰"太子中允、集贤校理兼史馆检讨沈括奉使按行过此，熙宁六年十二月十四日"。南明山与石门洞之间，距离甚近，如果着急赶路，半日即可。从题记看，沈括走了两天，我们不妨认为沈括在丽水有密集的考察行程，题记中的"按行"就是巡视的意思。我们知道，他是来考察农田水利建设的，并非游山玩水。至于石门洞、仙都山、南明山上有无农田，这是另外的问题。就我今日所见，山上既无农田，也无堰渠，那就是个风景区。

青田过去，便是温州。沈括在温州的活动，我们不清楚，但知道他后来去过乐清雁荡山——龙鼻洞前留有"沈括"题名，只有两个字；灵峰雪洞还有他的另一条题记，略曰"沈括、王子京、陆元长、周昌□、黄颜、李之仪□□"。这两处摩崖未记年月，应当在熙宁七年（1074）春。雁荡山，是浙南最靓丽的风景。

无论我如何打圆场，终不能为沈括洗清公款旅游的嫌疑。想想也是，朝廷命官，风尘仆仆，每至一地，地方官员出面接待，吃好玩好考察好，本来也是人之常情。各地名山，宋人题名，多如牛毛，又不独沈括一人。

对官员来说，这些不是重点。沈括到丽水、温州，一生就这么一回。我要说的是，他的考察之旅，成果斐然，除了向朝廷建议大兴水利之外，他还发现两浙地域辽阔，浙东地处偏僻，山阻水隔，很少有官员愿意前来巡视，以致吏治弛废。于是，他建议宋神宗将两浙路分为浙东、浙西两路，以加强管理。今日所谓浙东、浙西地理概念，与他的这趟行程密切相关。

对科学家来说，这些也不是重点。沈括晚年编著的《梦溪笔谈》，在历史上，是本相当冷僻的书，但在今天，人们视其为不朽的文献。在《雁荡山》的短文中，沈括解释雁荡诸峰的成因"当是谷中大水冲激，沙土尽去，惟岩石岿然挺立耳"。这个天才的设想，显然来自当年的雁荡之旅。

我读《梦溪笔谈》，很想知道沈括到底有无其他描述仙都山、南明山、石门洞的文字，遗憾的是，他对此着墨不多，只在一条笔记中，考证过仙都的黄帝祠宇，想来也应该源于他的浙南之行。

我可以肯定，因为职事之便，沈括游历过无数的名山大川，但他绝不是人们想象中的一味玩乐的人。他是个具有庞大好奇心的人，每至一地，看似游山玩水，到处留名，爱出风头，其实，他随时在工作，在学习。

第三编

读城

浙江城市考古漫谈

一

春秋战国时期的越国，定都今日之绍兴。秦统一中国，推行郡县制，今浙江全境几乎全属会稽郡。东汉"吴会分治"，旧会稽郡一分为二：吴郡（郡治在今江苏苏州）、会稽郡。新会稽郡的治所仍在绍兴，依然管辖浙江的多数区域。

三国以来，境内陆续分出临海郡（今台州）、吴兴郡（今湖州）、东阳郡（今金华）、永嘉郡（今温州）等。隋唐时期，增设杭州、处州（今丽水）、睦州（治所在今建德市梅城镇）、衢州、明州（今宁波），五代吴越国又有秀州（今嘉兴）之设。浙江的城市格局，即明清所谓"上八府，下三府"，至此全面形成。

隋唐以前，绍兴始终是浙江最重要的城市。唐末，钱镠追随董昌，转战四方，割据两浙。后来，董昌在绍兴自立，却把杭州让给了跟班的小兄弟钱镠，当然不是因为董昌大度，而是绍兴乃浙东的节度使州，杭州只是浙西的普通"支郡"，地位远不及绍兴重要。杭州超越绍兴，主要是钱镠开创的吴越国定都杭州，经营近百年的结果。后来，宋室南渡，以临安府为首都，杭州一跃而为全国性的政治、经济、文化中心，迥非绍兴可以企及。

南宋重海外贸易，明州是通往日本、朝鲜的主要贸易大港，在经济生活中的重要性不言而喻，于是唐开元年间才新设的明州，后来居上，赶超绍兴；近代温州开埠后，西风东渐，绍兴在区域城市中的地位，甚至被温州超越。

今天浙江的车牌号，杭州是浙 A，宁波浙 B，温州浙 C，绍兴浙 D，排行老四，大概就是这种历史发展趋势的反映。

简而言之，两千多年来的浙江城市史，主要是一部"千年老大"绍兴不断边缘化，隋唐以前的"山中小县"，也就是后来的杭州，逐渐取而代之成为"浙江首府"的历史。

二

前述城市发展史，极粗线条，不足为训。但今天的话题，城市考古，绝不仅是古代城市政区沿革的变迁，更是城市具体形态和规划的变迁；绝不仅是写在纸面上的城市历史，更是深埋于地下的实物的历史。

我们的城市，晚至宋代，尤其到南宋，始有较详细的记载，比如杭州、宁波均有完善的宋元方志传世。除了文字记载，还有描绘详细的"舆图"，因此，我们对宋元以后的城市形态才多少有点感性认识。与此相反，我们对隋唐以前的城市，简直可说一无所知，甚至连南朝的东阳郡有无城墙，唐代越州城内的坊区有无坊墙等基本问题，也无法回答。

这因为文献无载，历史学家无从着手；更因为金华、绍兴等城市，世代都在同一地点建设、发展，六朝隋唐的遗迹已经深埋在地下四五米的地方，南宋临安城的地面也在今杭州城内水泥路面以下两三米的深处。浙江城市人口多，经济发达，高楼林立，考古学家有限的发掘工作，只能见缝插针，在基本建设的间歇空隙进行。这种城市我们称其为"古今重叠型城市"，开展考古工作困难重重，几乎无法触及早期遗迹。

偶尔才有例外：三国孙吴时期自会稽郡析置的临海郡（今台州），郡治在今椒江北岸的章安，即原秦汉回浦（章安）

县治。唐代，台州的郡治从章安迁至临海，旧治废弃，姑且可称为"章安故城"。长期以来，人们认为章安故城叠压于今日的章安镇街区之下，悲观地以为遗址已经无存。

实际上，章安故城遗址并不"古今重叠"。唐代废弃后，新章安镇重建于旧城区外，故城长期为稻田，并无建筑覆盖。这种城市遗址可称为"旷野型城市"——这个重要发现缘于当地前些年大规模的挖掘窨井，每隔几十米挖一口圆井，出土大量东汉至南朝的砖瓦、瓷器和建筑构件。根据遗物的分布，甚至可以勾勒出临海郡治的规模和范围。

"旷野型城市"适宜开展考古，倘若加以全面勘探，有可能厘清六朝郡城的具体布局和形态。在别地已然不具备工作条件的状况下，章安故城的重大意义，再怎么形容也不过分。这无论对于台州，抑或对于浙江，绝对是罕见的、宝贵的历史文化遗产，敬请当地加强遗址保护！

三

以上只说州郡城市。其实，城市既有等级之区分，如浙江南宋城市，有都城、州府、县城和县城以下城堡等诸多等级；也有类型之区分，如嘉兴、湖州等"水乡型"城市，与丽水等"山地型城市"，在城市规划和形态上，理应有所区别。具体对象，都要具体说。

无论哪一类城市，"旷野型"都是特例，我们始终要面对"古今重叠型"的硬骨头，只能在钢筋水泥的丛林里，追寻旧时痕迹。

"古今重叠型"城市的考古工作，总结起来，只是两句话：一是"平面找布局"；二是"纵向找沿革"。说起来容易，做来却是无止境的事业。

城市考古的基本目标，是复原城市平面布局，然后在复原的基础上，讨论城市规划。以杭州为例，南宋临安城考古的目标是描绘出一幅详尽的临安城地图。考古队辛苦工作好多年，犹如躬身田亩的老农，收成只是在地图上画出南宋太庙的一条线，或者德寿宫的几个框框。这是艰苦卓绝的"拼七巧板"，需要几代人工作的叠加，最终完成拼图游戏。

在具体操作的层面，城市复原可以分成宏观、中观、微观三个尺度。

"宏观尺度"的复原，讨论城市的选址、环境、基本形态的变迁。隋朝杭州设立之初，州城在凤凰山上，城墙"周围十里"，范围甚小。钱镠割据两浙，在"小城"之外，加筑一圈外城，将凤凰山小城改为王宫，杭州始为"腰鼓城"的形态，北宋因之。南宋定都临安，将小城范围辟为皇宫区，元陈随应《南渡行宫记》说"皇城十里"，正是隋城的规模。元灭南宋后，拆除城墙，大内毁弃。元末重建杭州城，竟将原来的政治中心凤凰山，整体割弃于城外。这就是唐宋元三代杭州城变迁的宏观考察。

"中观尺度"的复原，讨论城市局部规划、道路肌理、坊巷格局等。南宋御街，贯穿杭州城南北，南起皇城北门，经朝天门（今鼓楼），两侧有太庙、三省六部；过朝天门，经德寿宫侧，一路向北；在观桥附近，折西而行，抵达终点景灵宫，即今武林路与凤起路交叉路口。御街遗址深埋于今中山路下两三米，严官巷发掘的南段御街，遗迹十分重要，但受工作条件制约，竟然未能完整揭露，尽管可以判断御街的砌筑工艺，但宽度只能推测。但我们知道，各段御街的宽度不同，南段约在15.5米，中段约11.6米，北段自观桥以后，街道较窄，应在3至9米之间。这些数据看似平常，却是文献无法告诉我们的，对认识临安城极为关键，至少我们可以知道，南宋皇帝前往景灵宫行礼时乘坐的玉辂车，无法通过御街的全部路段。

"微观尺度"复原的工作更多，通过考古发掘，复原德寿宫、杨皇后宅等具体建筑的格局、形态、营造工艺、建筑构件，甚至可以比较两主体建筑的等级差异，台基、柱础的工艺差别。对遗迹和遗物的细致分析，是考古工作者的当行工夫。也许，细节能够引领我们通往历史的幽微之处。

四

最后说城市考古的"纵向找沿革"。2015年，我发掘嘉兴子城遗址，先确定城墙四至，再揭示中轴线，这是"平面找布局"；在北城墙位置，发掘一条探沟，解剖至生土，由剖面可见，北城墙位置最早在战国时期已有聚落，两晋时期存在高规格建筑，可能已是浙北的中心城市；五代建起城墙，蒙元灭宋后，拆毁城墙，从此再无恢复；明代在旧城基址上，建筑土垣，作为嘉兴府衙署的北界围墙；1949年后，围墙拆除，护城河被填平，一切封存于水泥路面之下。

这就是"纵向找沿革"。两千多年来嘉兴城市的变迁，直观展示在地层剖面上，堪称历史文化名城的"城市年轮"。

一座城市的历史文化内涵，既来自平面铺开的格局：城墙、道路、河道、衙署、文庙、城隍庙、街区、坊巷的排布，也来自纵深的历史沿革。2018年我发掘明清金华府文庙的泮池遗址，明朝人将泮池开凿于六朝东阳郡的地层上；民国时期，文庙改为金华中学；1975年泮池拆毁并填平。如今重建文庙，根据考古揭示的泮池遗迹，将在原址重建新泮池。莫说故事太寻常——这是金华城区东南一隅，一千多年来发生的故事，在一口池塘大小的同一地点。

城市的好故事，从长时段、有纵深的历史脉络中生长出来。

金华四记

2018年5月以来，因为金华子城遗址的调查勘探，我得以有机会长住金华。过去，我当然也多次来过金华，然而走马观花，感触颇多，心得全无。

而城市考古不同，我们扎根于子城的几个"点"，兼顾老城区的整个"面"，带着问题，把城市的每一个角落，每一处古迹走透。看多了，自然就有想法，于是就有了这篇《金华四记》。

影子之城

近代以来，大中城市，纷纷拆毁旧城墙，改建为环城路。环城西路即原来的西城墙，环城北路即北城墙，以此类推，环城东路即东城墙。杭州和嘉兴，都是这样的。

　　嘉兴城不大，适宜跑圈，早晚锻炼。我绕着环城路跑过几次，对老城墙的轮廓和规模，了如指掌。杭州的老城区大，马路更宽，车辆也多，我不曾绕城跑过。

　　金华的城墙拆除、护城河填平以后，照例也是环城的道路，只是名字不叫环城路。环城西路、北路在旧城墙更外头的一圈，这说明早在民国时期拆毁城墙以前，城市的西北区块已经溢出了旧城范围。然而，旧城墙的痕迹依然容易辨认，我骑车跑过一圈，知道人民路是原来的北城墙，新华街是原来的西城墙。城墙的四至，即老城区的边界，曾为城市最直观的象征，即便遗迹无存，也绝不至于完全湮灭。

　　由城墙包围起来的城区里头，状况会复杂很多。道路与坊巷，是城市的骨架，在历史上相对固定。老城所谓"三纵两横"的道路：纵向的，有东市、中市、西市三街；横向的，则有北街、南街两条——城区的主要道路系统，至晚于宋代已经形成，愈是主干道，愈难以根本改变。近现代以来，为了通车，无非只是整体拓宽道路，局部截弯取直，将石板路换成水泥路面，大不了再把"中市街"改换个新潮的名字"胜利街"，如此这般，貌似焕然一新，其实，道路的布局和走向，并无改变。

　　主干道两侧，生长开来的枝枝杈杈的坊巷，命运就难说了。传统社会生产力有限，旧城改造的力度也有限，我们有理由相信，清代的坊巷街道，面貌大概与明朝接近。现代社会就不同了，城市大规模改造，挖掘机、推土机，整个老城区都能推倒重来。未几，高楼大厦、城市广场、封闭式小区，如雨后春笋，拔地而起，若问旧市容市貌，不复见矣。

　　至于街巷两侧的商铺民居，道路中间林立的牌坊，原本就依附于街巷而存在。"皮之不存，毛将焉附"，最为流动不居。今年赵家庭院，明年钱家客栈；昨日孙家酒楼，明日改为李家的当铺。这样的故事，每天上演，简直没法说。即使历史文化名人的故居或祠堂，也是如此。

　　历数金华城最近一千年的历史，南宋吕祖谦应该是本地最孚声望的乡贤大儒。金华后街一览亭，本是城市中的登高休憩之所，前些年道路拓宽，迁往异地重建。吕祖谦的故居，本在原一览亭附近。南宋之初，南渡士大夫通常租住在官府提供的"官屋"或被临时安置于寺院内，吕祖谦祖父吕弸中、父亲吕大器就寄居于城内的官屋，吕祖谦生活于兹，讲学于兹。他的讲学影响尤其大，著名的丽泽书院，其前身正是一览亭的吕祖谦故居，金华后来有"小邹鲁""婺州学派"等说法，源头均可追溯到这里。据南宋楼钥《攻媿集·东莱吕太史祠堂记》，吕祖谦晚年搬家到城北，但不久去世。南宋开禧三年（1207），在吕祖谦去世二十多年后，婺州官府在其一览亭故居建造吕成公祠和丽泽书院，作为吕祖谦及其学术的纪念与弘扬之所。

按理说，名人书院和祠堂是城市文脉的象征，后人理当加以妥善保护。然而，丽泽书院和吕祖谦祠偏偏命运多舛。元明时期，书院屡经搬迁，祠堂数度废兴，清代重建的吕成公祠已非原先位置，搬迁至今金华市将军路与酒坊巷交叉口附近。今天，金华城内已无任何与吕氏相关的文物史迹。前些年，我在武义明招山调查吕祖谦家族墓地，众多南宋学者中，我对宽厚、博雅的吕祖谦比较有好感，所以对此耿耿于怀。

城市的所有建筑物，当以衙署、文庙、城隍庙最不容易改变，这是城市最核心的公共建筑，象征着政治、文化和信仰的权威。唐宋以来，金华府衙、县衙、府（县）学、府（县）城隍的位置，很少变更。但是，自从清末废除科举制度，文庙改为新式学堂，直到前几年，府学旧址仍为金华某中学的校舍；清帝逊位后，府衙搬出旧址，以示新时代对旧传统的决裂，新世纪城市化浪潮袭来，城市规模持续扩大，现在的金华市政府大楼，已经搬离了旧城区；新社会移风易俗，封建迷信被打倒在地，金华县（今金华市金东区、婺城区）城隍庙已经荡然无存，府城隍的建筑本体倒还在，但是改变了功能。也许时代发展太快，又有人主张放慢脚步，不妨回头看看，呼吁重建金华府衙、府学，然而，事过境迁，重建的"古迹"也不过是昨日蜕变后留下的躯壳，历史永远无法重来。

金华，旧称婺州。按照古人"分野"的说法，天上的星座与地上的区域对应，天、地、人三者之间，具有冥冥的联系。金华城，对应天上的婺女星，故名婺州。在城内对应婺女星的地点建起星君楼，供奉婺州"分野之神"——宝婺星君，庇佑城市平安。星君楼也称八咏楼，自南朝以来，几经重建。千百年来，城市面目全非，唯有八咏楼，至今巍然屹立，位置始终未改。这是城市唯一的传奇，冥冥之中，仿佛真有宝婺星君的垂佑。

一座城市，变化是常态，不变是例外，变与不变之间，总该有规律可循吧——我在金华走街串巷，寻访古迹，经常这样想。或者说，我宁愿相信世界是有规律的，如果沧海桑田，社会变迁，一切随机发生，无因果，无目的，无悲喜，如梦幻泡影，如露亦如电，那么，我的考古工作该是多么令人绝望。

登楼记

国家历史文化名城金华，依山傍水，北望北山，南临婺江，六朝时期为东阳郡治，唐宋为婺州，明清为金华府。

唐代以前的金华城，只是婺江之滨"周长四里"的小城；唐昭宗天复三年（903），吴越国王钱镠割据两浙期间，在小城以外，加筑了一圈"周十里"的大城。

大城筑成后，从前的小城，遂称为子城。子城的四至边界，今天仍可辨认，也就是今金华市东南部的高阜台地，地势高出周边一截，里头设有历代金华府衙署、学宫、考院等机构。清咸丰十一年（1861）太平军占领金华，曾短期据为"太平天国侍王府"。

我骑自行车，绕行子城一周，手机上的实测距离在1393米左右，远不足"四里"之数；我也曾绕行外城一周，手机上的距离，周长似乎又超过了文献记载的"十里"之数。总之，类似的数据出入，在考古调查中，会时刻遇到，就算一座桥的长度，一个城门的宽度，也很少有与文献记载完全吻合的。

高阜台地之上，建有八咏楼，飞檐翘角，巍然挺立，其前身为南朝大文豪沈约出任东阳郡太守时所建的玄畅楼。一代辞宗沈约登楼，诗意勃发，作有八首长诗，题为《八咏诗》，情感充沛，十分著名，唐宋因以名楼，遂称八咏楼。八咏楼是子城的最高点，登楼临风，可俯瞰双溪风光，是婺州一大名胜。

自不同方向而来的义乌江和武义江，在金华城南的燕尾洲附近，汇合为"婺江"，沿城西去，最终注入钱塘江。城南双江合流处，雅称"双溪"。

《汉书·艺文志》曰，"登高能赋可以为大夫"。文人墨客，登楼望远，念天地悠悠，赋诗感怀，是自古以来的文化传统，譬如王勃之于滕王阁，崔颢之于黄鹤楼，范仲淹之于岳阳楼。南朝以来，八咏楼上，人文风流，诗赋满楼，不在话下。

南宋初年，李清照流寓婺州期间，登斯楼也，眼前双溪荡漾，远处阡陌纵横，不禁触景生情，留下《题八咏楼》"千古风流八咏楼，江山留与后人愁。水通南国三千里，气压江城十四州"、《武陵春》"闻说双溪春尚好，也拟泛轻舟。

只恐双溪舴艋舟，载不动、许多愁"等名篇。千古传诵的诗篇，现已成为金华宝贵的文化财富，套用一句时髦话，就是"文化名片"。

我不止一次登上八咏楼，因为近几十年来婺江的挖沙作业，江面变窄，又加上湖滨公园的景观树日益壮大，阻挡视线。在今天的八咏楼上，无论我如何踮起脚尖，也完全看不到双江合流。我每每因此而遗憾——金华最有历史文化内涵的景观，黯然无光。

因山为城的金华，地势北高南低，高下起伏的山岗，经过平整，又有水泥路面的覆盖，不复山地旧观。但从婺江骑车去城北，几乎全是上坡路，一路向北，可以逐级逐步地感受到车身的加重。城市考古调查，最理想的交通工具，就是自行车。

城北的明月楼，也是传统登高眺远的所在，本来地势就高，又建在北城墙上，简直是全城的制高点，过去的城市没有高楼阻挡，北望北山，南瞰双溪，更能俯瞰全城。风雅君子来此，"与谁同坐，清风明月我"，照例留下诗文无数。

如今，当我登临明月楼，置身于钢筋水泥丛林之中，竟然发现这边的视线，反倒不及八咏楼开阔：向南眺望，我爬到树上，也不见婺江；向北，因为高楼和大树阻挡，一"叶"障目，全然不见北山。纵然李白、李清照再世，恐怕也写不出好文字了。

北山，即唐杜光庭《洞天福地记》所称"第三十六洞天"的金华山，宋元之交的何基、王柏、金履祥、许谦合称"北山四先生"。其中的尖峰山，山形奇秀，荦然独立，位于金华北郊的浙江师范大学，即取其意象为校徽的标志。尖峰山，是金华人乡愁的象征，据说旧时侨居异乡的金华游子，最怀念此山，俗话说"一日不见尖峰山，两眼泪汪汪"。然而，今天的明月楼上，全然望不见北山。我跑到城市数里开外，终于得以一睹尖峰山的风采。

我对此并无太多意见，只是觉得在我们的城市建设中，如果涉及依山傍水的风貌，尤其是国家历史文化名城的城市规划，应该合理控制建筑物与植物的高度。2017年，我到过法国南部小城尼姆。这个古罗马时期的城市，有一座公元1世纪的竞技场。据当地朋友介绍，竞技场高21米，旧城里的新建筑，一律不得高于此。

泮池

　　站在历史长河中看各种事物，犹如观看一个又一个的故事，或有头有尾，或有始无终的故事。考古发掘工作也不例外，只是讲述某个地方的某个发掘地点的兴废故事。

　　这个发掘地点是明清金华府文庙正前方的泮池所在，在金华府衙以西约150米处。金华府衙门，占据子城相对中心的位置。金华子城，本来是唐代以前的金华城（东阳郡）。唐末钱镠在子城外加筑了一圈城墙，形成内、外城的结构，外城称"罗城"，内城是"子城"。

　　明朝人开凿泮池，大约发生在明洪武年间或稍晚。据说，宋代的学宫文庙已在此处，但规模不及明清，或许也没有泮池，更不像明清文庙那般制度化，全国各地套用一张"蓝图"，无论发不发掘，我们凭经验就能把金华文庙的平面布局猜测个八九不离十。

　　掘地三尺的明朝人，肯定已经挖穿了六朝的地层。根据考古发掘，泮池之下的地层里出土有若干两晋南朝的砖瓦和瓷片，也有少量的唐宋遗物。我常说，城市考古除了"平面找布局"，还要"纵向找沿革"，这句话在任何时候我都愿意强调——寻找我们脚下这一块土地的历史沿革。这说明，文庙的地下正是六朝郡治的遗址，唐宋时期，人们继续在此工作、生活。然而，明朝人恐怕不会关心这些，他们想做的，只是在大成殿的正前方挖一口半月形的池塘。

考古发掘现场，每天面对层出不穷的问题。整体而言，纵向的历史沿革，比横向的平面布局，问题更多、更复杂。拿文庙和衙署的建筑格局来说吧，明清以后高度模式化，万仞宫墙后是泮池，泮池后是大成门，大成门后是大成殿，大成殿两侧为东西两庑，全国各地，大同小异；而宋代文庙制度尚未定型，就算泮池，也有许多我们不明白的地方。依据古礼，天子之学称"辟雍"，正圆形，四周环水，而诸侯之学"不得观四方，故缺东以南，半天子之学，故曰泮宫"，故而《礼记》称"天子曰辟雍，诸侯曰泮宫"。明清以来的泮池，取辟雍的半璧之义，凿为半圆之象。然而，宋代的金华文庙是否开凿有半圆形的泮池，其实，我们无从得知。

可以肯定的是，在明代人眼中，这口半圆形的池塘非但有儒家经典的依据，更与文庙的风水休戚相关。明代江南墓地，前端通常也开凿有半圆形池塘，比如大书画家吴昌硕在老家安吉鄣吴的明代祖坟、今日温州椅子坟前头都有类似的"风水池"。据说天地之间的"生气"，"乘风而散，界水而止"，会在遇水的地方汇聚。文庙前端的泮池，形态和位置既与墓地类同，功能亦当近似。我的意思是，今日常见的泮池，不只是儒家经典观念的产物，更与宋代以来的世俗风水观念有关（期待有学者就泮池源流问题做一通贯研究，以纾解我的困惑）。墓地风水关乎一族一姓的命运，而文庙风水则左右一地的文运兴衰。只要条件允许，明朝人一定会把文庙安排在城市的东南方向。金华子城，正是城内东南区域一块规整的台地。

在考古工作者看来，这块台地的形成及其拓建过程，是认识金华城市早期历史发展的重点。当然，明朝人一定不会有类似的问题意识，他们更关心衙署和文庙的风水，能否保佑本人升官发财，冀望本土的文曲星和进士老爷，能够多一点，再多一点。

1905年，清朝废除科举后，文庙丧失了现实的或象征性的文教功能。民国时期，文庙改建为新式的金华中学。在泮池遗址以东，我们发现的校舍遗址，以巨大的条石作台基。不知为何，新建校舍竟然偏离了泮池所在的中轴线，整体叠压在东侧的另一条轴线上。

庙学合一的"文庙学宫"，既是祭祀孔子的地方，也是官办的学校，通常设置"左学右庙"两条轴线：庙的主体是大成殿和殿前的东西两庑，供奉先圣先师和先贤先儒；学的主体是明伦堂或讲舍，为学官讲学和生活之所。据现场所见，民国校舍的地基下，叠压着三个不同时期的"学宫"道路。年代最晚的道路位于最上层，路面最宽，以块石和石板铺设，甚至砸碎学宫中的碑刻，用以铺路。有一通残碑尚可分辨"乾隆五年"等文字；另一通残碑，额上镌刻有"重修明伦堂碑记"字样。

根据地层叠压的早晚关系判断，"毁碑铺路"事件，大概发生在20世纪20年代大规模建设新校舍前夕，易言之，即在科举制度废除后不久。何谓斯文扫地？这就是。

1975年拆毁大成殿，撬除泮池石板，并最终填平了这口半月形的池塘。文庙的地面标识，至此荡然无存。

我们重新挖掘出的泮池，里头填满了垃圾，煤渣、砖块、玻璃瓶，应有尽有。毕竟距今不远，见证人尚多，工作期间，他们来到现场讲故事，绘声绘色地描述当年拆毁、填没泮池时的场景，各种细节，多与遗迹现象吻合。比如，泮池周围的栏板拆卸后，铺设了教学楼地下的排水沟。

如此掩埋四十年，忽如一夜春风来。如今，国学复兴，弘扬中华传统文化正当其时，人们认为，再也不会有比重建文庙更具有象征意义的工程了。因此，我奉命前来工作，考古揭示的泮池遗迹，据说将会成为重建文庙的依据。假以时日，全新的泮池将会重新崛起于文庙前端的这个地点。

这就是城市东南区域、方圆两三千平方米的地点，最近一千年来发生的故事。

老钱的故事

钱师傅，今年64岁，给我们考古队买菜、做饭。我叫他老钱。

老钱是个健谈的人，第一天上班，就发表声明，他来打工，不只为赚钱。

按照"人民公社"时期的说法，老钱是金华县东孝公社凤凰庵大队人。金华城东门外一里左右的地方，名叫"东关"。这是传统时代常见的地名，西湖边的雷峰塔，又名"西关砖塔"，意思是杭州西门外的佛塔。凤凰庵大队，又在东关大队以东三里路的地方，如今的正式地名是"金华市金东区东孝街道凤凰庵村"。由地名的变迁可知，老钱过去是金华近郊的农民，21世纪初，城市化浪潮席卷各地，他先是"失地农民"，如今变身为城市的社区居民。

众所周知，如今大中城市近郊的农民，可能是我国社会各阶层中最富裕的群体之一。老钱每每提及家乡，言辞之间，充满自豪。他说，我们凤凰庵村地方好，村里的男人，一向比较容易讨老婆。

"我们家乡吧，田地肥沃，1975年前后，凤凰庵大队的社员，每天就能挣人民币一元钱（壮劳力出勤一天，计十个工分，折合一元）。东关更接近城区，但他们的丘陵红壤地，种不好庄稼，至多挣四五毛钱，而偏远山区，当然更穷了，工分更低，吃不饱饭。所以，外地的姑娘，愿意嫁过来。现在的状况稍有不同，东关距离城区近，地段更好，房价更高，房租更贵，我们比起东关人来，固有不足，但比下依然绰绰有余；20世纪80年代，包干到户后，我们不再种地，改种蔬菜、水果。金华的柚子很有名的，你知道吗？"

他做出刚吃过一只柚子的酸爽表情，接着说："村民的日子，一直都不错。2003年以来，土地征用，宅基地拆迁，家家户户，住进多间多层的大洋楼。我家是五层楼，只住顶上一层，以下四层出租，光底层的店面租金每年就有五万多。我来考古队打工，只因为过去做惯了田地活，反正也闲着，找点事情做，顺带赚点钱。"

总之，老钱的家乡近乎完美，除了地名"凤凰庵"，带个尼姑庵的"庵"字，稍嫌其土气。"可能古代有个庵堂吧，谁知道呢。"他补充道。

老钱每天所讲的故事，大致可以分为两类：一为前述的现实主义题材；二是当他知道我是考古工作者后，偶尔也讲一点历史题材。

晚餐时分，他讲了两个故事：一、金华城内的万佛塔，地下埋藏很多的宝贝，可惜都被日本鬼子挖走了；二、朱元璋皇帝手下的猛将胡大海，力气很大，用双手顶住正将关闸的城门，指挥战友攻陷金华城，可惜那天他没吃饭，终于体力不支，被城门压死了。

我喜欢现实题材的故事，因为它们细节丰富，论述有力。可他偏好讲古，我也没办法，老百姓讲述的历史故事，多半经不起推敲，比如今天的两个故事都不靠谱，充其量只有部分的真实性。

万佛塔始建于北宋，因为塔身上半部的塔砖雕有如来佛像，故名。万佛塔屹立于金华城东，是老金华城的地标性建筑。抗战期间，国民政府担心高塔成为日寇轰炸的目标，决定拆除之，1942年只拆到一半，金华就沦陷了。然后，日本侵略者接着拆，千年佛塔只剩下了地基。而塔基地宫的发掘，及大量文物的出土，是在日本无条件宣布投降十二年后的1957年。地宫出土文物，共计183件组，今天分别收藏在国家博物馆、浙江省博物馆等地。可见日本人拆塔事真，而挖宝事假。

胡大海是明朝开国元勋，追随朱元璋，出生入死，战功累累。元至正十八年（1358）十二月，胡大海攻取金华，镇守四年，后来，不幸为叛将杀害。胡大海经营金华根据地，网罗宋濂、刘伯温等众多浙东人才，是奠定明朝建国大业的基石之一。在金华本地，胡大海的故事家喻户晓，极具传奇色彩。胡大海死于非命不假，但说他力举城门而亡，则明显移植于清代通俗小说《说唐》里雄阔海的悲情桥段。

也有朋友说，这故事可能借鉴了孔子父亲叔梁纥的掌故。传说中，叔梁纥也有力举城门的壮举，孟献子说他是《诗经》里像老虎一样有力气的人"。不过，我依然相信它取材于《隋唐演义》中第四条好汉的故事，因为老钱和他们村的村民压根儿就没听说过孔子还有个大力士的老爸。

讲故事是容易的，而检验故事的可靠性，需要的知识背景和劳动，要比讲述者多很多。我的朋友、浙江大学历史系陈志坚老师主持的读书会，指导学生读唐五代笔记《北梦琐言》，各人分工，针对每条掌故，做释读工作，主要从两方面展开：一是内容注解，包括人名、地名、物名、职官制度名的注解；二是追踪某种说法的源头和流变。古人撰写随笔杂文，天马行空，谈笑风生，潇洒得很，而后人检验他们的说法，则非得下苦功夫不可。

据我判断，老钱的历史题材故事，真真假假，而现实题材故事，通常更加可信。

我为此专程前往凤凰庵村考察。一排排洋房，鳞次栉比，底层的商铺经营着各种买卖，门前熙来攘往，果如老钱所述。

我相信老钱的说法，来考古队打工，不只为钱；我也相信他的抱怨，确实也有人向我反映，"凤凰庵村"地名太土，他们正在努力争取改名"凤凰新村"。看吧，到处新马路、新房子、新气象，哪有什么旧庵堂——凤凰新村，这才名副其实嘛。

我更相信，老钱讲述任何故事，均无存心欺骗的动机。是的，无论现实题材、历史题材故事，他的态度都是诚恳的。

南宋御街

杭州，也许不能算是特别有"王气"的地方。晚唐乱世，钱镠割据两浙，定都杭州，至北宋太平兴国三年（978），钱氏吴越国纳土归宋。吴越有国，前后不足百年。

宋室南渡，宋高宗赵构以杭州为"行在所"，改名临安府，承袭钱氏吴越国奠定的旧城格局。南宋一朝，偏安江南，国祚延续一百五十三年。

同样的城市，同样的湖山，同样的安于一隅，吴越王钱镠与宋高宗赵构，同样的高寿，都活到八十一岁。明末的市民小说《西湖二集》卷一《吴越王再世索江山》，索性将宋高宗皇帝，描述成钱镠的转世投胎，从中原南渡前来杭州，为百年前消亡的吴越国向宋朝讨旧债。

临安府成为大宋都城，完全由于历史的因缘际会，底子依然是原来的旧杭州，只在地方城市的格局上，稍加升级改造，象征国家权力的大内皇宫、中央官署，象征天命所归的太庙、郊坛、社稷坛、景灵宫等礼制建筑，都在旧格局的基础上缝缝补补。这与北朝洛阳、唐都长安、北宋汴京，一开始就以都城为标准规划的、方正规矩的"规划型城市"根本不同，因为受具体地形、传统格局的制约，杭州城区南北狭长，形如不规则的腰鼓，即使升格为"首善之区"，还是一副"腰鼓城"的模样。

腰鼓城内，有一条纵贯南北的大街：南起皇城北门的和宁门，经过朝天门（今杭州鼓楼），两侧有太庙、三省六部等中央官署；穿越朝天门，一路向北，街道两侧，店铺林立，坊巷密布，南端有宋高宗退居太上皇时居住的德寿宫，北端的观桥附近，则有社稷坛，是朝廷祭祀土谷神的场所；过了观桥，街道折西而行，终点为供奉帝后御容的景灵宫，即今杭州武林路与凤起路交叉口附近。

这条南北长街，就是南宋御街。根据考古勘探，其遗址主体位于距离今日杭州城内中山街地表以下两三米的深处。

古人搞建设，造房子，通常在前人的房基上加筑台基，元明清民国时期的地面，依次叠压于南宋地层之上，层层累积，不过八百年，南宋时期的路面，已经深埋地下，非经发掘绝不可见。现代人建造房子，正好相反，向地下挖掘房基，城市中每一座高楼大厦的每一根钢筋水泥的桩子，都曾经穿透南宋临安城遗址的胸膛。

御街是都城的中轴线，也是都城的门面。每逢皇帝出宫，赴太庙、社稷坛、景灵宫行礼，他乘坐的玉辂，都伴随着浩荡的仪仗队伍，沿御街前行。京城居民，夹道伫立，翘首观礼。这是民众喜闻乐见的大游行，也是朝廷乐于宣示"君权神授"的舞台。仪仗队的汉官威仪，看客们的敬畏眼神，让这个场面，充满了神圣而庄严的仪式感。

据说，北宋汴京的御街，较南宋御街"先前阔多了"，宽200余步（约合今300米），中间是专供皇帝辂车通行的御道，普通行人只能在御道两侧的朱杈子以外行走，杈子内有砖石砌筑的御沟用以排水，近岸两侧，种桃种李种春风，姹紫嫣红开遍。据南宋周煇《清波杂志》记载，御街实在太过宽阔，东西人家竟然"有至老不相往来者"。

南渡后，一切因陋就简。临安城，规模小，人口多，又未经过大规模的城市拓建，尽管御街也是皇帝的"乘舆所经之路"，却远不及汴京的宽阔。据杭州市文物考古研究所的发掘研究，皇宫和宁门至朝天门段，是元旦大朝会的场所，路面稍宽，约15.5米，尚不及北宋御街的零头。2004年，杭州严官巷曾经发掘过一段御街遗迹，如今建有"南宋御街遗址展示馆"，断井颓垣，外地的朋友，到此一游，看不出名堂，都说御街也不过如此。原来以为姹紫嫣红开遍，如今才知道全无南宋皇城的繁华气象。我说："其实，这样挺好的，偏安小朝廷的气质，本该如此。"

朝天门以北至观桥段，据2008年中山中路段发现的御街，路面完整，宽度约11.6米；观桥转西至景灵宫段，民宅密集，御街更窄，未经发掘，推测宽度在3至9米之间。

我读杭州市文物考古研究所编《南宋御街遗址》考古报告，以为这实在是重大的考古成果。从此，我们想象的南宋历史可能会更加生动具体。据《宋史·舆服志》记载，绍兴十三年（1143）制造的天子出行乘坐的玉辂，轴长"十五尺三寸"，约合今5米，前由大马牵引，左右又有大量随从，辂车在御街上行进，占道宽度当远在5米以上。因为御街个别路段过于狭窄，即使以中段11.6米的常规宽度，恐怕也不足以保障辂车顺利通过。所以，文献记载，皇帝从皇宫出发，赴太庙、景灵宫行礼，只好屈尊，弃用辂车，改乘小型的辇车。

宋高宗、宋孝宗皇帝退居太上皇时，居住在德寿宫（孝宗改称重华宫），因为地处凤凰山之北，也称"北内"，凤凰山皇宫为"南内"，可见两宫在南宋政治生活中的重要性。

大家知道，宋孝宗与他继位的儿子宋光宗皇帝之间，关系紧张。精神失常的宋光宗，在父皇病重时，执意不去重华宫探望，在父皇驾崩后，任凭大臣如何苦劝泣谏，始终不肯出面主持丧礼。

御街两侧，每天都挤满了望眼欲穿的民众，期待皇帝从"南内"出发，前往"北内"主持丧礼，然而，始终不见皇帝的车队从和宁门出来。这个帝国的文官政治，号称"以儒立国、孝治天下"，因此，一时间人情汹汹，山雨欲来，国将不国。

这不是一条特别宽阔的街道，或许还不及今日所见的熙来攘往的杭州中山街。飞短流长的谣言，骚动不安的情绪，从御街两侧蔓延开来，弥漫了整座城市，继而传播到帝国的很多地方。好在赵汝愚、韩侂胄等大臣，当机立断，发动政变，果断逼迫宋光宗退位，拥戴宋宁宗即位，代为执丧，终于化解了这场政治危机。我简直可以想见，当消息传来，御街两侧的官署、店铺、民宅里的人群，欢欣鼓舞的模样。

嘉兴子城

　　两宋时期的嘉兴府（秀州）城，有内、外两圈城墙，外城叫"罗城"，内城即"子城"。子城里头，便是衙门，也叫"衙城"。元末明初，拆毁子城，城墙无存。但是，明清两朝的嘉兴府衙门，依然设在里头，坐北朝南，庭院深深。

　　清朝覆亡后，嘉兴府衙门搬离了原址，子城改为军营，陆续建起营房；1949年后，又改为军区医院，从而避开20世纪90年代以来的大规模城市改造，整体格局得以完整保存。

　　所谓"格局完整"，仅指地下遗址而言，地面倒也看不到明清古迹。民国年间，建设营房时，拆毁旧衙门，整体加高了台基，把遗址全埋到了地下。唯独旧衙署正南门的谯楼，保持着清末民初的模样，巍然挺立于城市中央，其于国家历史文化名城——嘉兴的地标象征意义，犹如北京天安门之于紫禁城。

穿过谯楼的门洞，由南而北，径直走去，旧衙门的主要建筑都串联在这条中轴线上。敲开现代的柏油、水泥路面，往下发掘1米左右，长长的甬道和仪门的遗址，终于重新暴露出来。原来，民国以来的建设活动，把明代的道路和建筑都埋到了距离今日地面1米以下的深处。

从基址看，仪门是三开间的建筑。想当年，中门常年关闭，除非知府大人出门迎接圣旨或高官，平日均由左右小门出入。过了仪门，远远望见一座牌坊，正面写"公生明"三字，背后是"尔俸尔禄，民膏民脂；下民易虐，上天难欺"十六字官箴，以示警诫，故曰"戒石坊"。

牌坊后头，是五开间的大堂。知府大人，在此升堂办案，抬头便见"下民易虐，上天难欺"的诛心言语，"有"动于衷，或许不至于太过肆无忌惮、贪赃枉法。但愿如此吧！其实，紧接在大堂后头的二堂，才是知府主要的日常办公和议事场所。

大堂和二堂，以轩廊连接。这些遗址都在地下，揭开柏油路面，稍稍发掘，就能显现。沿中轴线前行，越往后头，地势越高。前头的明代甬道，埋在地下1米深处，后头的二堂基址，仅在地表下20厘米左右。在明初的洪武年间，可能有过一次大工程，把仪门后面的台基，整体加高了。

如此呈前低后高之势，人们自南而北前行，地势逐渐升高，也许可以壮大官衙大堂的观瞻，我猜想。

城里的地面，抬高得特别快，主要是因为建设活动频繁，搞建设，造房子，后人在前人的基础上加筑台基，层层累积的缘故。不像在乡下野地里的考古发掘，揭开薄薄的现代耕作层，就是七八千年前乃至上万年前的史前遗址。因为地层加厚的原因，只是自然的落尘，蚯蚓蝼蚁的钻营，或者人类有限的耕作。

如果我们认为大堂和二堂是嘉兴府城内最气派的建筑，那就错了，它们的奢华程度肯定比不上城内香火兴旺的寺院。明代的谢铎在《赤城新志》(赤城，是台州府的别称）中认为，衙门公廨"固不可失之敝陋，尤不可过于侈丽"。太过寒碜，会被老百姓看轻；太过奢华，则劳民伤财，容易激起民怨，更不足取。

二堂的后头，应该是个园林，亭台楼榭，曲径通幽。可惜，20世纪70年代，地下掏了防空洞，遗迹无存。

这是城市最重要的轴线。中轴线上的主要建筑，仪门与谯楼之间，我称之为"礼制空间"，主要用来增强官衙的仪式感，以壮官家威仪；仪门与二堂之间，称"行政空间"，是长官的办公场所；后头的园林，则为官员的"生活空间"。

　　至于中轴线两侧，分布有通判、主簿、六房胥吏的办公场所，更有仓库、监狱、档案馆等，在此不表。若把它们全面发掘出来，少说需要好几十年。

　　以上是明清嘉兴府衙门的基本格局。两宋时期的秀州（南宋后期秀州改为嘉兴府）衙署，叠压其下。据大堂所在位置的勘探结果，可知宋代的办公大楼——设厅，不偏不倚，位于距离明代大堂地面约半米深的地下，甚至宋代建筑的柱础和明代基址柱础都是对应的。

　　衙门四周，砌以高墙。元《至元嘉禾志》载"子城周回二里十步"。我绕跑子城一圈，手机记录的距离是1.1千米，数据稍大于文献记载，基本吻合。因为我绕行的道路，是当年填平护城河后形成的，城河的圈子，较城墙圈稍大。据1969年2月1日的卫星影像图，当时，除了子城西面的城河已经填平，东北南三面的城河尚存。而今，北城墙的城河，也已填为中山路，是为嘉兴老城区最重要、最繁华的东西向大道。

　　我们的考古队，发掘了北城墙，并在城墙遗址上开出一个豁口，做了一条解剖沟。从生土至地表，足有5米多，自下而上，最深处是战国时期的地层，可证两千多年前，这块土地上已有先民在此生活；上面是六朝时期的地层，厚约1.5米，里头出土大量的建筑瓦件和陶瓷器，间有高规格的瓦当，显然，在这里已经形成有规模的区域政治中心；然后，是隋唐的地层；隋唐地层之上，大约在五代吴越国割据两浙期间，这里建筑起5米多宽的城墙，夯土城芯，内外两侧，包砌大砖；元末明初，拆毁城墙，并将城砖挖掘一空；明清时期，原先5米多宽的老城墙，收窄为约2米宽的嘉兴府衙的北界围墙，一条以块石包面的土垣；近现代以来，衙门搬离，围墙拆除，这里倒满了生活和建筑垃圾，甚至还有露天的粪缸；20世纪七八十年代，地表经过整体水泥硬化，成为军区医院门诊大楼前的宽敞路面，把两千多年来的沧桑变迁，一切封存于地下，而城外的护城河，亦随之填平，化身为今日车水马龙、霓虹闪烁的中山路。

这两千多年，我们的城市就在同一个地方发展，兴于斯，废于斯，建了拆，拆了建，地面不断抬高。今天，我们已经站到了比战国时期高出5米的地面上。

嘉兴瓶山

五代后晋天福五年（940），钱氏吴越国割据浙江期间，将苏州嘉兴县升格为秀州（南宋改为嘉兴府），是为嘉兴地方有州郡建置之始。

唐宋的州郡城市，设内、外两重城墙，外城称"罗城"，内城叫"子城"。罗城包围着子城，子城包围着嘉兴府衙。外城与内城，各以护城河环绕一周，城高池深，层层设防，守护着城内的官民人等。

嘉兴曾经是一座典型的江南水乡城市，城内河网密布，水路纵横。而今，城内的河道悉数填平，化身为条条大路。乍看上去，跟北方的平原城市并无两样。

江南水乡，地势低平，四望无山。子城外的东北角，有个小土丘，高不过一二十米，竟然已是嘉兴城内的最高峰，当地人称之为"瓶山"。清代有"瓶山积雪"一景，为"嘉兴八景"之一。如今辟为瓶山公园，乃嘉兴老城区市民游乐休憩之所。

水乡泽国之区，向无自然高地。历史上"取土成湖，堆泥成山"，城内的瓶山实际上是个土墩，也就是烂泥堆。大概古代开浚河道之际，将河泥堆成小山的模样。革命圣地——南湖，位于嘉兴城外南郊，湖光之色，著于东南，湖中之岛屿，多半为明代疏浚市河时堆积而成。瓶山的位置，邻近子城东北角，也是历史上挖掘子城的护城河时，就近堆筑的土山。

河泥堆积的土山，何以称作"瓶山"？这是因为宋代曾在这座土山附近设立酒务。作为官府专营的酒卖场，酒务既酿酒，也卖酒。宋代的酒，论瓶出售，酒务里最不缺的东西，大概就是酒瓶。跟今天的啤酒瓶一般，数量既多，用后随手弃去，日积月累，土坡之上，破酒瓶堆积成山，嘉兴人就把这座垃圾山称为瓶山。

宋代通行的酒瓶，是小口、长腹、平底的陶瓶，材质颇粗糙，相传为南宋抗金名将韩世忠行军用的水瓶，故称"韩瓶"。传说固然不足为训，但韩瓶作为约定俗成的名称，沿用至今。

作为宋代数量极大的消耗品，韩瓶遗物几乎在城市每个角落的地下都能见到。2015年以来，我在嘉兴调查子城遗址，在西城墙稍稍发掘，就挖出一卡车的韩瓶碎片；我在城河边散步，在疏浚河道掘出的河泥里，也时常见到这类韩瓶。据我判断，多数是南宋遗物。

清代以来，人们在瓶山上曾经捡到过无数的韩瓶。我见过其中少量的据说是从瓶山采集的破酒瓶，器型通常瘦小，上下大小相等，略呈直筒状，正是南宋酒瓶的典型样式。北宋的韩瓶，通常较南宋的肥硕，鼓肩，大腹便便的样子——就我所见的文物判断，瓶山附近的酒务，大概创建于南宋前期或稍早，而极盛于南宋中后期。

我调查嘉兴城市古迹，十分关注子城城墙和护城河的创建年代。据我判断，它们都应该创建于五代吴越国时期，即嘉兴县升格为秀州之初。吴越国较南宋早两百年左右，当时并无这类瘦小的酒瓶。想当年，吴越国官员开浚子城的城河，并就近堆筑起土墩——当时的瓶山，里里外外是绝不会有韩瓶的，唐代的河泥中不会有宋朝的酒瓶，犹如关公无法遇见秦琼，这是生活的常识。

瓶山沦为垃圾山，是在南宋创建酒务以后。人们随手弃掷的破酒瓶，大概只存在于瓶山的地表或浅土，土墩的深处是不会有这类酒瓶子的，因为酒瓶不是土行孙，这也是生活的常识。据嘉兴籍文化老人吴藕汀先生《药窗诗话》，

1937年嘉兴沦陷后，日寇曾在瓶山挖掘防空洞，从底下取出的泥土中，绝不见有韩瓶。这就说明，瓶山的始筑年代，即子城护城河的开掘要早于宋代，我推测为吴越国时期。

明代的瓶山上，住了无数人家，大收藏家项元汴的天籁阁就在瓶山附近，天籁阁曾经收藏过无数的书画名迹。山上建满了房屋，平常很难动土，韩瓶出土尚少，据说适宜养花，文人雅士爱其质朴，陶瓶居然可以卖出好价钱。而太平天国战乱以后，瓶山上没有了房屋，市民在此种菜锄地，韩瓶大批量出土，吴藕汀先生说"一斗米钱可以买它两三只，已没有什么名贵可言"。

我住在嘉兴，常常到瓶山公园里散步，几乎从来没有见到过韩瓶。大概因为地表或浅土的酒瓶，今日也捡，明日也捡，早已被晚清民国时期的人们扫地而尽矣。而瓶山的土层深处，原本无瓶，瓶山之得名，只是一篇"表面文章"。

城墙

　　吾乡台州明代的大旅行家王士性在其不朽著作《广志绎》中说，浙江十一郡城市，以台州府城（今临海市）最为险要，易守难攻，城市西、南濒临大江，北边的大固山高峻陡峭，东边地虽平旷，但有大湖深壕拦阻，倭寇数度兵临城下，均无功而返。而处州府城（今丽水市）不然，登上隔江对岸的南明山，全城一览无遗，本土又多作乱的矿徒，城防安全堪忧。

　　去过临海的朋友知道，王士性绝无刻意吹嘘自己的家乡。临海城地形险要，巍峨的城墙至今犹存，随地势起伏，绵延数里，夯土城芯之外，整体包砌以大砖，可谓铜墙铁壁，固若金汤。

　　自从唐末建起台州城墙，历经钱氏吴越国割据两浙，其间台州城从来就不曾被外敌攻陷过，除非内部涣散，自毁长城。北宋太平兴国三年（978）吴越国纳土归宋后，为了预防地方负隅作乱，宋廷下令拆毁吴越国旧境内的所有城墙。在轰轰烈烈的毁城运动中，台州城墙被拆除了。按照统治者的想法，地方无城墙可据，无险可守，天下局势大可高枕无忧矣。

孰料拆毁城墙非但不能带来长久的和平，反而滋长了盗匪的觊觎之心，包孕着更多的动乱因素。北宋中期后，浙江诸郡城市，又陆续重建城墙，在轰轰烈烈的造城运动中，台州城墙重新站立起来。此后，隔三岔五，修修补补，这边将墙头加高一点，那头把墙体增厚一些，千百年间没有停止过。2011年，我在临海东城门附近，利用20世纪建设灵江大桥时破开的豁口，解剖过一段城墙，斑驳的墙体，可以分辨出不同时期的修补、加筑痕迹。

13世纪，元朝征服南宋之初，下令"尽隳天下城郭"。不几年间，浙江境内城墙尽数拆毁，或者随其自生自灭。唯有台州城，濒临灵江，因为防洪的需要，特许保留城墙。其他的地方，比如杭州，入元后城墙毁圮，刘伯温《筑城词》"君不见杭州无城贼直入，台州有城贼不入"，即此之谓。

与北宋初年的情形相仿，元初毁城运动依然不能带来和平，反而招致元末更大规模的战乱。于是各地又纷纷重建起更加坚固的城墙，曾经的包砖墙改为石头墙。杭州城就是在元末重建的，今日依然断续可见的各地城墙，年代恐怕更晚，只有台州城，多数段落仍然保留着两宋时期的墙芯。

当然，两宋时期并非所有的郡城均有城墙。前头提到的丽水城，自身的地理条件，已经输给台州一筹，整个宋代竟然不设城墙，南宋"永嘉学派"的集大成者叶适《送喻太丞知处州》诗"处州不城山作堵，百嶂千峰自翔舞"句，说得明白。当然，无城墙不代表无城门，古人在城市的东西南北四方，摆上几座牌坊，分别起几个好听的名字，南明门、望京门、行春门，诸如此类，就算是城门。前几年，丽水市大洋路附近建筑工地挖出一座南宋宝祐二年（1254）墓，据出土墓志记载，墓主人叶文葬于"行春门外城之南隅"，可知当时虽无城墙之实，却有城门之名。

2010年，我在丽水发掘行春门遗址，城墙遗迹主体是元末明初的。我的困惑是，明清《处州府志》《丽水县志》均记载处州城墙始建于元初，众口一词，读者几乎没有质疑的余地。这就让处州城显得格外卓尔不群。蒙古人征服江南，普天下忙着拆城，只有浙南山区的丽水大兴土木建造城墙，这是不合常理的。或许元至元二十七年（1290），处州路总管斡勒好古委托丽水县尹韩国宝新建城墙，也是"有门无墙"的状况，只有几座孤立的城门，而无高峻且封闭的城墙。

府城尚且如此，明清时期的许多县城，自然也无城墙。处州十县，除了青田、庆元两县有城墙，其他县城大概都是摆几座象征性的牌坊门而已。宣平县城，沿城市周围种植一圈柳树，据说柳树容易合围，也可以防御瘟疫。所以，宣平县城还有个美丽的名字——柳城。

县城以下，也有很多类型的城墙。这边只拿明清温州府乐清县来说吧。当地有句俗语："处州十县九无城，乐清一县九条城。"乐清除了县城乐成镇外，磐石镇有磐石卫城，蒲岐镇有蒲岐所城，黄华、大荆等地更有巡检司城或者寨城——这是明代卫所制度与地方军事治安建制的遗留。在倭寇、匪乱猖獗的时代，民间多有自发建筑城堡自卫的行为，比如我去过的乐清瑶岙寿宁堡，明嘉靖年间建成，城堡很有规模，地处温州至台州的古驿道上，号称"温台第一关"。在冷兵器时代，坚固的城墙，有效保卫了一方安宁。

随着飞机大炮的诞生，冷兵器时代终结，城墙非但不足以保卫安全，反而成为累赘。浙江许多地方的城墙拆除于抗战时期，主要出于敌机轰炸时迅速疏散之需要。

今天，我们认为城墙是悠久历史的象征，是一座城市的文化地标，这当然没有问题。但在晚清民国，城墙的寓意几乎全部是负面的。为了城市交通建设，各地大肆拆除，比如杭州；拆除城墙既能便利交通，城砖也能卖钱，官府甚至登报招徕承包商来拆，比如20世纪20年代的嘉兴；在费穆的经典电影《小城之春》里，城墙是老大帝国保守、封闭、落后的象征，更是城市青年苦闷的象征。

一般来说，城墙拆除后改建的马路，都叫环城路，比如嘉兴、湖州、杭州。当然也有例外，比如上海，旧城墙所在的马路叫中华路、人民路，大概民国时期上海老城厢早就溢出城市中心，城墙既无环城之实，自然不好叫环城路。

还有一些环城路，因为政区调整，不得不改名。比如萧山县老城墙拆除后形成的环城路，而今萧山县已成为杭州市内的一个区，同一座城市岂能有两条环城路？于是，萧山的环城路，只好改名萧然路，萧然东路、萧然西路、萧然南路。

丽水大猷街

浙南山区的丽水，也就是明清时期的处州府。府城西北依山，瓯江在城市东南流过。

处州府城墙，一共开有六座城门。每逢立春日，官员由东南门出郊迎春，以劝农耕，祈盼丰年。东南门遂称"行春门"，门外还有一座"行春亭"。

城门和城楼无存，只在沿瓯江一线，保留有高低不等的城墙。2007年，第三次全国文物普查期间，我第一次见到行春门遗址。当时是城市东南区域的菜地，整体被泥土覆盖。2010年，为配合将来的城门重建计划，我主持发掘了行春门遗址。湮没已久的城墙和城门遗迹，终于重新暴露。

城门保存不佳，只有一些门洞的残痕，连铺地都残破不全。但城内的道路肌理，依旧完好，老城门的位置仍然是城内通往城外的豁口。这条连接行春门的东西向道路，名字相当不俗，叫作"大猷街"。

1931年"九一八"事变后，日本吞并中国的狼子野心，路人皆知。为了激励民气，国民政府在浙江境内建造了很多的戚继光抗倭纪念碑或纪念亭，吾乡玉环岛，以及温州乐清县城至今还有戚继光纪念碑亭，倒不是因为戚继光当真来过玉环、乐清打过胜仗，主要是借此增强民族自信，在心理上压倒日本鬼子。丽水城内的几条主要街道，分别以明代嘉靖年间的抗倭英雄命名——（戚）继光街、卢镗街、（俞）大猷街，道理同前。官府抵御外侮之用心，诚然可嘉，然而国际之间终究靠实力说话，稍后，丽水在抗战期间一度沦陷。

大猷街上，有一座关帝庙，庙前有口古井，名叫"观前井"，这是因为关帝庙的前身是天庆观。州郡城市中最重要的道观，一律称"天庆观"，这是北宋大中祥符二年（1009）宋真宗在各地推行"神道设教"的结果。宋元鼎革后，元成宗下诏，天下的天庆观，一律改称"玄妙观"；清朝避康熙皇帝名讳，又写作"元妙观"。丽水的天庆观，曾经香火旺盛，后来衰亡，改为关帝庙。如今，除去门口的水井，万物皆非。

　　天庆观附近，又有应星楼。古人认为，地上的州郡，对应着天上的星宿。丽水的地理分野，对应处士星，遂以"处士"名州，故称"处州"。又据说，城市上空的处士星，不偏不倚，正对着大猷街上的某个位置，于是宋代在这里建起应星楼，奉祀"分野"之神。应星楼无疑是城市最具象征性的地理坐标。可惜，自晚清以来，百业凋敝，谁也顾不上这些，应星楼也告废弃。

　　2014年，大猷街地块涉及大规模的房地产开发，我奉命前往发掘应星楼遗址。建筑基址体量很小，推测大概是类似于文昌阁之类的单体建筑。而前些年新建的应星楼，已经搬离原址。新应星楼，矗立于瓯江之滨，高大巍峨，金碧辉煌。我初来乍到，纳闷南昌的滕王阁，何以飞来了丽水城。后来，在龙泉市又见到名胜"留槎阁"，照例似曾相识，又纳闷南昌的滕王阁何以飞来了龙泉市。始知各地新建的仿古楼阁景观，设计师通常按照固定的格式，复制粘贴。现代人认为，城市的地标性建筑，必须是庞然大物、飞阁流丹，而古人的视觉尺度，恐怕比我们小很多。现代人见惯了摩天大楼，就算李白曾经感慨"手可摘星辰"的高楼也只是小。

以上是大猷街名胜古迹之荦荦大者。

我们的历史文化名城，最不缺的就是这类名胜古迹，它们可能存在过的文化内涵，写在古代方志、名人文集里，至于古迹的文物本体，通常并无多少真正的历史信息可言。相反，寻常百姓的街区、民居，固与风雅无缘，倒可窥见一丝真实的人间烟火。

2010年前后的大猷街，尚有大片的老街区，基本保持着民国时期的风貌。旧城改造在即，居民正忙着搬迁，街区萧条已极。这段生活经历对我非常重要，那些破破烂烂的街区，让我对传统城市有了许多思考。

我是乡下人，念大学之前，出过最远的门，到过最大的城市就是温州。儿时想象城市，总以为城里熙来攘往，密密麻麻，满是行人，满是高楼，即便城里人也有贫富之别，但他们住的房子总该比我们乡下人的阔气吧。

人生在世，真是孤独，前不见古人，后不见来者。我们对古代城市的想象，只好如此。我见过很多博物馆里陈列的城市模型，无论南宋临安城，还是明清金华城、嘉兴城，城内一律张灯结彩，商铺民居、深宅大院，鳞次栉比，直把城圈之内，塞得满满当当。古代城市复原，不需要证据，只求景象繁荣，城市越饱和、越繁华，气氛越好。总之，大家都乐意把古代城市想象得过于繁华，越不了解历史，越容易美化历史。

而我亲眼所见的行春门，可不是这样。直至21世纪初，城市的东南角，建筑密度依然很小，以空地居多，种满蔬菜，当地向来有"行春门种菜园"的老话。据老辈人说，行春门外不远处曾是一片荒凉的墓地。

传统的城市，城内很难填满，丽水城内有三分之一的地盘，是山地、空地和菜园，有的城内甚至还有大片稻田。然而，城内填不满，城外又有"溢出"的现象，比如清代嘉兴最繁华的商业区，不在城内，而在东门外；苏州最热闹的商业街区也在城外，阊门至枫桥的十里长街，万商云集，店铺数万家。

我见到的大猷街的老房子，多为土坯墙，与偏僻山区民居无殊；或为板壁，甚至是"篱墙"，在竹篱笆上涂抹一层泥巴作墙，鸡犬相闻，完全不隔音。人住的房子，固然是瓦屋，而猪圈或其他临时性建筑，竟然还有茅屋。吾乡玉环绝迹已久的茅屋，我竟然在21世纪的异乡街头重逢——城里人居然也养猪。这与我惯常想象的城市图景很不一样，在更早的民国、明清时期，土坯房和茅草屋在城市里想必占有更高的比例。

这段阅历，激活了我的生活感悟力，完善了我的知识结构。2014年，正在新建中的丽水市博物馆，计划复原城市模型，邀请我参与其事。我是这样策划的：首先，我们确定把城市复原到具体的历史年代；其次，"大处着眼"，复原城市的山川形势、城墙与城门、城内水陆道路肌理；再次，需要"小处着手"，复原衙署、文庙、城隍庙、应星楼等重要公共建筑，继而复原商铺、民居等。而还原城市历史风貌的关键，并不只是以上这些，更在于合理控制城内建筑用地和空地、瓦房与茅屋的比例关系。

我的复原工作未能尽如人意，固然有很多原因，但创意的灵感，则来自大猷街的生活经历。我认为，这种复原思路，适用于浙江绝大多数的传统城市。

2016年后，行春门重建工程竣工，丽水市博物馆建成开放，大猷街地块的房地产开盘，俨然已为城区最贵的江滨小区之一。我到丽水考古的机会，从此越来越少。

有一天，朋友邀请我前往参观新建成不久的行春门。我欣然赴约，自火车站下来，对出租车司机说："走，大猷街!"结果,师傅把我带到了城市的另一个地方。

　　原来,旧城改造完成后,大猷街随同原来的老房子,一并消失。大家认为"大猷街"的地名不错,有典故,寓意也挺好,有点居安思危的意思,也有点催人奋发的意思,这种好名字,不用挺可惜的,于是就用来命名瓯江之滨新辟的另一条大马路。至于老大猷街,已经消失在历史的时空里头。

第四编

格物

吾乡印象

1972年，我出生在一个东海之滨的村庄，在那里度过青少年时光。家乡，曾是我想要逃离的地方，如今也是我心灵归去的方向。

所城、海塘及其他

儿时，我的家乡具体地名是"浙江省台州地区玉环县楚门区（镇）外塘乡胡新村朝东屋自然村"。

浙江，无须解释；玉环，是浙南地区孤悬海上的岛屿；楚门，是与玉环岛隔海相望的半岛，二者合一，构成今天的玉环市境域。当然，世上本无玉环市，在明代以前，这里只是温州（府）乐清县的玉环乡。

天高皇帝远的海岛，通常不具备完整的文献历史，按古人的说法，是"化外之地"。最近几十年来，海岛上陆续发现过先秦的聚落、六朝的青瓷、唐代的水井、北宋的盐场、南宋的墓志。可见，明代以前，吾乡也不像古书上说得那般蛮荒。

明朝开国以来，倭寇犯边，海上不太平，朝廷下达"片板不许入海，寸货不许入蕃"的禁海令。玉环本岛是台州、温州两府之间的门户，所谓"海疆要地"，竟然被整体弃置于海外，沦为荒岛。明洪武二十年（1387），在半岛上，则建起楚门千户所城，驻扎千余军士，防御着来自海上的强盗。

明代的卫所城，后来多半转变为各地的大集镇。楚门所就是楚门镇的前身。

楚门所与乐清县的蒲岐所（今蒲岐镇），遥相呼应，同属于磐石卫，一道守护着乐清湾。明成化十二年（1476），半岛部分划归台州府太平县（今温岭市）。至于一直不"太平"的海岛部分，依然隶属于温州府乐清县。楚门所城，相应改隶松门卫，即今温岭松门镇。

不知道明嘉靖年间，戚继光的军队有无到过吾乡。我在蒲岐的时候，见过"倭坟墩"，一个大土包，实为乱坟岗，据说埋葬有为戚家军击毙的倭寇，嘉兴的王江泾也有类似的倭坟墩。这里头或许有点说法，将暴毙的陌生人妥善掩埋，是我们民族的优良传统，而集中掩埋敌人，可能另有"厌胜"的意味，恰似蒙古人征服江南，毁掉南宋皇城，特意在凤凰山建塔，以镇压东南王气。

可惜，楚门并无倭坟墩，也没有这些说法。今日的楚门镇，犹如摊大饼一般，规模越摊越大，几十年前只是老镇：十字街，辅以小巷，沿街是店铺，坊巷内是居民。城墙虽已拆除，但边界犹能辨认，东门、南门、北门外，三面环水，是当年的护城河。西边有山，唤作"西青山"，是老镇的天然屏障。我在镇上念过六年中学，当年所见的老街，依然保存着明代所城的基本格局，尽管戚继光已经离开我们好几百年了。

楚门所城，按照制度，统兵1120人，加上军户家眷和附近平民，人数绝不会少。朝廷的目标在养兵而不耗国库，将官军士在卫所附近屯田，自力更生。显然，早在明初建造所城之前，楚门已有广大的腹地可供开垦。事实上，自西青山，经三角眼，至马屁股的老车路，即今天的楚门镇楚柚北路，就是宋元时期的海塘。

这条古老的海塘，就是明永乐《乐清县志》中的"横山塘"，在清雍正《特开玉环厅志》中写作"楚门老岸"。老岸以内，早已淤塞成陆，成为楚门所城的屯田。

我家所在的外塘乡，整体在西青山与老岸以外，在明代，没什么可说的，因为那里仍然是一片汪洋，海浪直逼西青山脚下。"外塘"的意思，大概指城外后来筑起的某条海塘。

研究海岛地区的历史地理变迁，海塘的兴废，是最重要的考察对象。海岛上有限的平原陆地，是先民挖土运石，筑起条条海塘，经过层层围垦，从海龙王嘴里夺来的。

那年头，楚门所城附近有个优良的海港，明代大地理学家王士性《广志绎》曾提及楚门的避风港。大小船只，避风于此，别有风情。乡居的秀才见了，入诗入画。运气好了，也许能载入旧志书，称为"楚门八景"或"十景"。

我尊敬的余绍宋先生编纂民国《龙游县志》，将家乡"十景"一概删除，偏僻的乡野，恰巧有"孤舟蓑笠翁"，也算入"十景"，甚是无谓。我也不喜欢这些酸不拉几的空洞文字。今天有些玉环籍作家，将楚门描绘成典型的江南水乡小镇，小桥流水，意境优美，简直与乌镇、周庄在伯仲之间。赤子情怀，甚为可感。而实际上，吾乡人文风貌，与此相去甚远。

吾乡的历史，充满了血泪。清顺治十八年（1661），为对付海上的反清势力，朝廷在距离海岸线三十里的地方，筑起墙界，界外的房屋付之一炬，居民被驱赶入界。这就是骇人听闻的"迁海令"。玉环本岛，本来荒芜已久，如今索性连半岛也沦为无人区。古代的专制政权，为了维持其统治，丧心病狂，民众之疾苦，可以忽略不计。

直到雍正六年（1728），在浙江总督李卫的建议下，设置玉环厅，将温州、台州两府涉及海洋事务，统一交付玉环厅管辖，玉环本岛与楚门半岛，才得以整体"展复"，重新开发。

海岛开发的首要任务，就是重修旧海塘，兴筑新海塘。玉环厅首任长官张坦熊，在楚门西青山和老岸以外筑起一条新海塘——南塘。南塘很长，也称"万丈塘"。

海塘筑成后，塘内渐渐淤塞成陆，过些时日，海水成为咸淡参半的"淡水冲"，继而彻底淡化，陆地遂为良田。海塘之上，每隔一段距离，建起陡门、水闸，以时启闭，以时蓄泄，沟通塘内的河流与塘外的海水。

海塘之外的滩涂，可用于养殖，也能辟为盐田，用来晒盐。渐渐地，旧海塘失去实际的功能，沦为村路。这就是胡新村内的老路。

南塘退化为道路，但陡门仍在。我家后面石板砌筑的陡门，大概兴建较晚，名叫"新陡门"，每次开闸放水，河水奔腾入海，卷起浪花朵朵，令人目眩。我儿时骑车经过陡门，都要下车，步行通过。

多年以后，老路之外又筑起新的海塘，然后，新塘又成旧塘，最终又成为村庄里的某条道路。这么说吧，与海岸线大体平行的条条道路，原先都是海塘，越靠近大海的，年代越晚。

我家所在胡新村，位于南塘内侧，又称"南塘里"。"胡新"行政村之得名，可能源于最早徙居此地的胡姓人家，我家北面的自然村"胡家"，至今仍为胡氏族居之地。"胡家"与"新陡门"，各取一字，便是"胡新"。早期的民居，多半朝东开门，故称"朝东屋"。雍正六年，张坦熊围垦楚门南塘后，塘内的地块，划分为十块号基，分别以《千字文》"天地玄黄，宇宙洪荒"命名，官府招徕外地移民前来耕种，征收皇粮。

朝东屋自然村东南方向的村庄，名叫"天造"。我去镇里上学，路过那里，这是我家去楚门老街的捷径。我常常感叹"天造"之名有文采，天造地设一般，不像我家的"朝东屋"，土里土气。后来才知道，"天造"原来是"天字号"的连读音转，我家朝东屋所在的地块，原来名叫"玄字号"。这个掌故，今天恐怕很少有人知道了。

南塘以外的海塘，沙蟹屋塘、冷饭塘、没水塘等，都是后来陆续新筑的，塘内的村庄，便以冷饭塘、沙蟹屋为自然村名。成陆较"南塘里"为晚，地势也较低。我爷爷生前常常引以为傲，说，台风天，发大水，海水都淹过冷饭塘人家的屋顶了，却只能到我家的地枕头。地枕头，就是门槛。我家老屋是低矮的石头屋，门槛也低矮。

由于明清以来长期的"海禁"，展复之初，百废待兴。官府招徕温州、台州等地的移民前来垦荒。如今的玉环居民多自外地迁来，方言庞杂，闽南话、温州话、台州话、其他的话。

我的祖先，明末自闽南漳浦县迁徙至温州府瑞安县沙洲（今属瑞安市陶山镇）。雍正年间，始迁祖郑士宝响应官府的号召，从瑞安辗转迁来南塘里"玄字号"地段落户耕种。成陆不久的田地，并不肥沃。当年背井离乡的年轻人，为何相中这个"天晴无水吃，落雨无路行"的地方落户？待考。

可以明确知道的是，郑士宝公在此娶妻，生了六个儿子。六大房派，各自繁衍。多年以后，这个村庄几乎全是郑氏子孙。我家来自二房，如果始迁祖郑士宝算一世祖，我叫郑嘉励，按照家谱行辈起名，"嘉"字辈成员，正好第八世。

现如今，换了人间。曾经的化外之地，如今竟是"东南沿海经济发达地区"，来自全国各地的农民工，云集吾乡。修族谱的风气也回来了，郑氏家族，不分房派，前几年数度回到瑞安老家，将当年流落荒岛的亲人，在"总谱"内续上。为此，我还捐过钱。

人到中年，身处他乡，我越来越怀旧，越来越热爱故乡。希望吾乡不必费心打造"水乡特色"，而是亮出"海岛名片"。只可惜，在我家方圆十里之内，盐田、陡门、海塘等标志性海岛风物，荡然无存。这一切改变，仿佛发生在一夕之间。

我的儿子是新杭州人，属"隆"字辈成员，然未起谱名。年轻人对我在前头所说的内容并无所知，经过我反复讲解，似乎略有兴趣，至于老家的方言，则连半句也不会说了。

老屋

（一）

我家老屋，是晚清建筑，三开间，两层楼，坐落于玉环市楚门区（镇）外塘乡的乡下海边。

　　硬山式的屋顶，灰瓦两面一铺。台风天，瓦片乱飞，叮叮当当，听着让人恐惧。所以，屋顶每隔一段距离，就用几块石头，压着下面的瓦片。

　　屋脊的两端，高高翘起，像一朵卷云。屋脊正中的"火焰宝珠"，镶嵌着几颗绿色的碎玻璃，两侧另有些石灰塑成的杂宝花卉。这是老屋外面仅有的装饰。

　　用来装饰的石灰，其实是蛎灰。海边不缺贝壳，有许多蛎灰窑，烧窑的时候，浓烟蔽日，很呛人。

　　台州椒江的海边，南宋时有片牡蛎滩，宋高宗为逃避金人追击，曾经避难于此，因此闻名。如今的牡蛎滩，全无贝壳的踪影。老人说，因为长年烧窑，日子久了，搬空了无数年代堆积起来的牡蛎滩。

　　老屋的墙壁，以块石垒砌。石缝间，黄泥是唯一的黏合剂。块石和石板，是这地方最常见的建筑材料。

　　毫无疑问，家乡有很多采石场。温岭"长屿洞天"，如今是著名的景观，原来是个石板矿，只是历史悠久、规模宏大，采石留下的洞窟，格外壮观。

　　我从小崇拜石匠，他们用双手，将岩石切割成整齐的薄片，也能将不规则的块石垒砌成壁立的墙头。有一次，镇上的某个采石场，坍塌了，死人了，他们是每个家庭最壮的劳力，呼天抢地的哭喊，我至今未忘。

我上学后，读《从百草园到三味书屋》《故乡》，才知道有个叫鲁迅的人，有可能比吾乡的石匠更加伟大。

老屋内的泥土地面，不曾经过夯打，坑坑洼洼，每逢雨季，湿滑得像个溜冰场。

楼上的柱梁、楼板，有火烧的痕迹，是我爷爷儿时玩火所致。在楼上最隐蔽的角落，存放着两口棺材，我不敢靠近。大人说，这是我奶奶出嫁时最重的嫁妆——"有官有财"，寓意吉祥。

1979年，奶奶去世后，楼上只剩下一口棺材。

老屋当心间的门板，最是有妙用，可以卸下来，当午休的床板，也可以当乒乓球台。乒乓球，几分钱一个，破了，贴块胶布，还能继续用。乒乓球在台子上，不合逻辑地弹跳，最锻炼孩子的反应能力，也最能给孩子带来欢乐。

门外本有一圈高高的围墙，可惜只剩下正前方的一堵矮墙。顺着墙脚走几步，在靠近村口的位置，有座碉楼，我们称为"炮台"。从楼下经过，可以清楚看到墙上的几个枪眼。

晚清民国的时候，海上有土匪，常有打劫、绑架的事情发生。这么说来，围墙和炮台是必要的。当然，除了实用，任何高大的围墙和炮台，都有另外的功能，那就是表明房子主人的富有和体面。这不奇怪，任何像样一点的民居，实用之外，都有炫富的功能。

从我记事起，炮台就不曾发过一枪一炮。但在我爷爷的话语中，这座废弃已久的炮台，关乎家族的荣光和耻辱。

围墙的前方，是条小河。清晨，河边传来家庭主妇洗衣棒槌的声音，铿锵有力、节奏明快。我每天在这样的声音中醒来。

夏日的夜晚，河边坐满了乘凉的乡亲。在河边，我听过这世界上最活泼的故事，比方说，有个"长脚老五"，双腿长得不得了，蹚过东海，腿上沾满了虾米，回家洗脚，虾米可以倒满一稻桶；在河边，我听过这世界上最糟糕的故事，比方说，有个不正经的女人，偷人，第二天出门，被雷劈死了。

（二）

2014年5月的一天，城市化浪潮席卷楚门镇，老家的房子在我们的注视下一点点地拆除。不到半天时间，老屋被夷为平地，满目狼藉中，曾经熟悉的一切只堪在梦中追寻了。

那是一幢小洋楼，始建于公元1982年。而此前的老屋，就是前文所述的晚清建筑。很多人说，中国古代传统民居最大的好处，就是讲究风水，冬暖夏凉。我不知道，说这番话的人有没有到过东南沿海的乡下实地调查过，就我的经验，并非如此：夏日的闷热，冬日为北风所破，自不必提，每逢台风天，屋漏有如大筛子，住在屋内的人，无不胆战心惊。

当1982年老屋被拆除、建起新居时，你完全可以想象我欢欣鼓舞的样子，一点也不会逊色于躬逢1949年10月1日的中国人民。曾经有过一段短暂的时光，我家的洋房是村庄中最气派的，三间两层，宽敞明亮。夏天，邻居都喜欢到我家乘凉。路人见了，交口称赞，都说这真是一户体面的人家——如果当时我已逾婚龄，上门的媒婆将会踏破我家门槛，可惜我那时还小。

其实，我家从来不算有钱，父母省吃俭用，能力犹有不逮，建造新房，所费不赀，向小舅舅借了几千元钱。这笔巨债，六年后才全数还清。只不过人们习惯"以貌取人"，以为住洋房的就是体面人家。

无论如何，举债建房，满足了少年的虚荣心。如果说我这辈子有过当有钱人的体验，大概只有那几年。然而，虚荣心终归虚幻。不久，邻居们纷起效仿，拆掉老屋，盖起新房。依照乡下的惯例，无论有钱没钱，后起的房子必定比隔壁人家的高出一头，如此这般，在攀比的舞台上，方才不落下风。不出十年，吾家锋芒全失，"泯然众人矣"。又十年，家兄与我都在外地工作、求学，老家只留父母居住，反正孩子不常在家，于是一切因陋就简、得过且过，吾家已然沦落为村庄中最为寒碜的房子之一。曾经的新居，如今倒是名副其实的老屋。

按照1982年的规划，三间朝南的老屋，东边间是给我哥哥的，西边间则是我的房产，以备我们将来娶妻生子之用。这是吾乡的规矩，祖传的家产，自东而西，付与大房、二房，直至于老幺房。

由于经费不足，我的房产，也就是老屋的西边间，长期未曾粉刷，仅以红砖墙的面目示人。外头看着光鲜，里头却是破破烂烂，连一块楼板也没有。这再一次说明，以貌取人是相当肤浅而危险的事。

好在我爷爷并不嫌弃，历经清朝、民国和新中国，他大概不曾想过这辈子居然还有缘住进洋房。1996年，爷爷在这间屋里逝世，享年93岁，此前的十几年，他一直住在金玉其外、败絮其中的房子里。

那时候，爷爷身体挺硬朗，能读点《三国》《水浒》。我有事无事，躺在爷爷的藤椅上读书，无非也只是这些，大不了加一本《封神榜》，分不清什么是精华、什么是糟粕，只管读下去就是了。

我记性不错，读过一点《水浒传》，就能把梁山好汉的故事，添油加醋地说给别人听。乡亲们都夸这孩子聪明，日后是个读书种子。为了这点虚荣，后来在我最困难的时候，我也坚信自己能考上大学。我最怕跟路遥小说《人生》中的高加林一样，在外头读几年书，最后，灰溜溜的，回家种地。

现在想来，过去的生活真奇怪，我们所做的一切，好像都是为了不让别人失望。也许，这只是虚荣的婉转表达。

（三）

1991年，我考上大学，离开老家，成了"吃粮票"的城里人。1992年，我还没有尝够翻身做"人上人"的滋味，粮票制度就被废除了，从此我不知道自己是什么人。说是乡下人，乡下没田地，说是城里人，城里没房子。

谢天谢地，搭上"福利分房"的末班车，在杭州分得陋室一间。斯是陋室，如鸟笼格局，摆下床椅书架，隔去厨房浴室，空间所剩无多，生活因此显得格外拥挤。城里人的生活就是这样，不像老家的老屋，三间两层的洋房，里头空空荡荡，一对老头老太，终日大眼瞪小眼。

更妙的是，这里的居民，大家同住一幢楼好几年，彼此不通音问，严格奉行老子"小国寡民，老死不相往来"的格言。据说，过上这种生活的人，就是城里人。

我偶尔想，做这样的城里人，有什么意思呢？还不如回老家，住老屋的大房子，和邻居互相串串门。这么说话，好像显得我特别没出息，那么，我不妨引述陶公的名句，"田园将芜胡不归"。这不，我的趣味马上又显出很有格调的样子。

归去来兮，不过是一厢情愿。参加工作后，我年年回家，一年不止两三次，住在老屋的日子不多不少，我与旧日的乡亲、昔日的玩伴，又有什么可聊的呢？

没结婚的时候，他们关心我的婚姻，说过去你读中学的时候，经常会有女同学上门来玩，过去这么有本事，如今怎么依然打光棍；结婚后，他们关心我何时生小孩，有点幽默感的人，甚至暗示这种事情他倒是挺乐意帮忙的；有了孩子后，他们又开始关心我的收入，得知我的工资水平，跟在皮鞋作坊、水泵阀门家具厂里打工的收入不相上下，表情就开始显得暧昧，不知道是为我高兴还是替我悲伤。

在城里，我感慨人情浇漓；在乡下，人情又浓到化不开，以至于全无"隐私"。在城里，我在阳台上换衣服也没人管；在乡下，我穿着运动短裤跑步也会招致闲言碎语。

隐私观念的缺乏，直接导致乡村的粗俗化。我们应该无话不谈，对吧？说不出口的话，等于见不得人的事。在乡下，什么样的话题都可搬上桌面，丝毫不顾忌可能会给他人带来伤害，人们习惯高声说话，仿佛嗓门越大，越显得道德的高尚和行为的光明磊落。

我曾经对农村的生活厌恶之极，到了城市后，不如意事十之七八，才又重生了关于家乡的"田园牧歌"的幻想。

1982年，我家造新居，也就是前面所谓老屋。乡下造房子，很少有不与邻居闹矛盾的。说是邻居，其实都是家父的血亲。因为宅基地的纠纷，我们与大伯家发生持续多年的冲突。曾经亲如一家，转眼之间，风云变幻，无论怎样难听的话都骂得出口，任凭什么陈芝麻烂谷子的往事都被翻出来成为攻击别人的利器。

吵架越来越凶，彼此揭发隐私，越来越肆无忌惮，仿佛人人都是男盗女娼，丝毫不在意这可能会给孩子们带来的伤害。家父读过几年书，一边是妻子，一边是兄长，怎么说话都不对，只好躲在角落唉声叹气；家兄与我年纪尚小，插不进嘴出不上力，像个窝囊废；战斗前线，只留下家母与"敌人"对峙，"敌人"以怎样恶毒的话骂过来，她就以同等恶毒的话骂回去。

如此的争吵，延续了近十年，一有风吹草动，就彼此开骂。家母势单力薄，不能当舌战群儒的诸葛亮，只好跑回屋内哭一场。然后，狠狠拧一下我的臂膀，要我好好念书，好歹上个学校，离开这个伤心的地方。

老屋，给我带来过短暂的喜悦，后来则是我长久的梦魇。我在镇里的中学住校，休息日回家，终日闭门不出，曾经天真活泼的儿童，变身为青涩忧郁的少年。我所有的梦想，就是考上大学，逃离这地方。

很多年以后，我终于领悟了人性中的些许奥秘，对于往事，我尽量采取体谅与和解的态度。西哲叔本华说："人就像寒冬里的刺猬，互相靠得太近，会觉得刺痛；彼此离得太远，却又会感觉寒冷。人是必须保持适当的距离过活。"唯有不远不近，方能相安无事。

传统的乡村，人与人之间，距离太近；现在的都市，人与人之间，距离则太远。

老实说，老屋被拆除，我并不感到十分悲伤。我幻想，将来重新矗立的小城镇的新居，将会建立起全新的人际关系，我们这些小刺猬能彼此保持尽可能适当的距离。

因为我逃离的家乡，终将是我归去的方向。

祖公坟

清顺治十八年（1661），为了封杀海上的离心力量，朝廷决定迁徙濒海的居民，在距离海岸线三十里的地方，筑起墙界，居民限期被驱赶入内，有敢越界者，杀无赦。迁海的国策，骇人听闻，延续了二十多年。

迁海一声令下，浙江省东南沿海的玉环岛瞬间化为废墟，榛莽丛生。雍正六年（1728）设置玉环厅后，官府陆续招徕各地移民前来垦荒，重新开发玉环岛。

温州府瑞安县有个名叫郑士宝的人，是当年万千背井离乡的人中的一个，响应号召，来到海岛，定居在今日叫作"玉环市楚门区（镇）外塘乡胡新村朝东屋自然村"的地方。或许他不曾料到，一个多世纪后，这村庄的人口，十之八九，都是郑氏宗姓。

士宝公，就是我的始祖，即"祖公"。祖公在此娶妻陈氏，生了六个儿子。六大房派，各自繁衍壮大。在我的村庄，数大房派的人丁最兴旺，而我家出于二房。如果祖公算一世祖，到我这代人，正好第八世。

祖公有六个儿子，六个儿子又生了一群孙子，这是他这辈子唯一可以传世的事迹。至于祖公的其他事迹，喜怒哀乐，悲欢离合，我一概不知。

祖公不曾留下任何文物，除了一座石构的坟茔。祖公坟，在距离我家五里路的龙王村的山坡上，简陋的墓面，镶嵌着斑驳的墓碑。碑上说，士宝公生于雍正壬子（1732），卒于嘉庆庚午（1810），娶孺人陈氏。

按照我家乡的传统，祖公坟算是重要的家族遗产，风水的好坏，决定着子孙的祸福。吾乡有句俗话，如果某家出了一个读书种子、富贵人物，那是因为他们家的"祖公坟闪起"，意思是祖公坟头闪出一道金光。

鉴于祖公坟的重要性，清明节就必须上坟祭祀，除非绝了子嗣。上坟的仪式越隆重，就越费钱。为此，族人在祖公坟附近又购置了一份田产，田租专供墓祭。"祖公田"由同族的子孙轮流耕种，今年轮到谁家，就由谁家负责献祭。

为了妥善照管祖公坟，郑氏的三房住到了墓地附近的村庄，照例子孙绵延。一百多年后，他们与我们之间的血缘已相当疏远，在我祖父一代就出了"五服"，彼此疏于来往，形同陌路。

祖公坟、祖公田、守墓人，当年的制度设计，可谓完善。只是再好的制度也敌不过岁月的侵蚀，随着血缘的日渐疏离，今年的礼数偷工减料一点点，明年接着偷工减料一点点。如此这般，不出几代人，祖公坟终告荒芜，当年的祖公田上，全造了房子。

也许是怠慢祖公坟的缘故，我们郑家始终不曾出过大人物。当然，这句话倒过来说，可能会更加符合事实：因为我们郑家始终没有发达的人家，所以，祖公坟日渐荒芜。

据我考证，从清代中期到民国年间，我们家族从未有过秀才举人、达官贵人、专家学者，能够为国家民族贡献的只有战乱年代的壮丁、饥饿年代的苦力、太平年代精打细算的小地主。

其实，当年的海岛移民，多半如此。他们既无宗祠，也不定期编修族谱，祖公坟几乎是唯一的"聚族"载体。如果连祖公坟也不闻不顾，几乎就等于宣布家族散伙，即便大伙同居一地，也只好比今日城市小区的隔壁、对门，大家该帮忙时帮忙，该冷漠时冷漠，该干吗干吗。

这种状况已有多年。直至2010年，有公路从祖公坟头穿过，按照政策，"无主坟"将一律铲平。这一次，我们的族人终于团结起来，有钱出钱，有力出力，一起搬迁祖公坟。吵架了彼此不说话的族人，多年不走动的远房亲戚，老年人、中年人、年轻人，居然聚在一起劳动，一道磕头。迁坟，从动员到完工，延续了很多天。

竣工仪式上，噼里啪啦的爆竹声是团结的象征。只有这时候，我们的村庄，那么多的陌生人，看着才像一家人。

盐田

东海边的海岛，有两种人，一是城里人，一是乡下人。我属于后者。

乡下人又有两种，一是山头人，一是海边人。我属于后者。

乡下人羡慕城里人，山头人看不起海边人。农业社会里，山头人除了庄稼，还有地瓜，衣食无虞，不像海边人，生计无着落。晚清民国时期，有女嫁到海边乡下，会让人家笑话。

海岛人的传统生计，除了讨海，就是种田和晒盐：种田的人，有稻田；晒盐的人，有盐田；讨海的人，大海也是一亩浩瀚的田。

盐田，我们海边人称为"盐坦"，围在海塘之内，地基以黏土夯实，铺以釉陶缸的碎片，拍得平坦而坚实，故又名"缸爿坦"。

缸爿坦，以木板或石板为边框，隔成一个个方正的格子，防止卤水外溢，也作为独立的生产单位。

乡下人惯用的水缸，是些粗糙的货色。用来铺筑盐田的缸爿，是次品中的废品，成色更加斑驳。所以，一排排整齐的盐田，在烈日映照下，格外五彩缤纷。只可惜，当年很少有人愿意鉴赏这样的海滨风情，他们说，晒盐苦死人了。

据考古学家说，这种借助日光、风力的"盐田晒盐法"是很晚才出现的制盐工艺。吾乡玉环岛盐田的盛行，大概在清朝嘉庆、道光年间。此前，盐民采用"煎制法"，在大灶上，架起大锅（牢盆），注入海卤，燃之煮之。当年的盐民，就叫"灶户"或"灶丁"。

清朝玉环的长官陆玉书有《盐盘》诗曰："棋盘地渍盐

霜白，鹄面人蒸灶火红。十里方圆无别业，摊火烧卤日匆匆。"盐盘，是玉环岛的传统产盐区，诗歌中出现了三个意象，盐很白，灶火很红，煮盐人的脸很黑。

把晒盐的工艺流程和原理说清楚，我恐怕还需要再读三年的化学书，比如，盐田的外头又有晒场，以闸门与海水相通，晒场中的灰料如何吸取海水盐分，又经过几道工序最终化为盐卤。我父亲是个老高中生，晒了大半辈子的盐，每次也都说不清楚。他不耐烦了，就说："别问了，全中国几亿人种田，也就出了一个袁隆平。"

如你所知，我们晒盐人靠太阳吃饭，有位玉环籍作家在小说中就把盐民叫作"太阳的骄子"。赤日炎炎，王子公孙摇着扇子直把头摇，而我们说今天是个好天气，晒盐的好天气。

自古以来，盐就是国家专卖的商品。有一个负责管理盐业生产征收的机构，设置到了农村的最底层。这机构叫盐务所。盐务所的干部，坐办公室，吹电风扇，在我们看来，像是《左传》中传说的"肉食者"。

规模稍大的盐田，附近必有盐仓，叫作廒仓。理论上，盐田出产的所有的盐，应该颗粒归仓。盐务所的干部高坐在廒仓门口，手掌一杆大秤，按官价收购。面对盐民，有的人和善，有的人很凶，大人们说，逼着杨白劳喝盐卤的黄世仁，也不过如此。

"他妈的，我们不种地不晒盐，看他们吃什么！"海边人经常这么说话，每个字都经得住推敲，可就是无人兑现诺言。

盐务所的老沈爷，大家都说他是个"清官"。他是杭州的下乡干部，抽烟，常把花花绿绿的香烟纸壳，积攒起来，分给孩子们。

白天，老沈爷在廒仓工作，偶尔出门抓捕贩卖私盐的人。晚上，他喜欢到田家串门，知道哪户人家偷卖私盐，就说："不好这样的，那是犯法的。"

后来，老沈爷回杭州了，又后来，听说他去世了。我现在在杭州上班，常常想，会不会在街巷的某个转角遇见老沈爷。我不知道他的名字，他是我最初认识的"肉食者"，他送我香烟纸壳，抚摸过我的脑袋，我将一辈子记着他。

家乡一天天变样，我们真的不再晒盐了。转眼间，盐田不见了，盐务所也关门了。今年春节，我走进这座废弃已久的盐务所。当年看去高大的建筑，如今竟然如此简陋，里头挤满了外省的打工仔，设施和装修，全停留在20世纪七八十年代的某个时刻。时代滚滚向前，而这个角落已被时代遗忘。

碉楼

清朝道光年间，林则徐虎门销烟，招募抗英义军。稍后，英雄遭贬谪而去，义军失去首领，个别人漂流海上，打家劫舍。

来自广东的海盗船，形如蚱蜢，船壳涂成绿色，出没于浙江沿海。濒海之民，闻之色变，称其为"绿壳船"。台州人把土匪一概称为"绿壳"，至今犹是。

海上有无数的"绿壳"，无恶不作。在老人的口述历史中，晚清民国的海边乡下，就是一个字——乱。

东海之滨，稍稍险要的山头，建造起无数的烽火台，吾乡称为烟墩。在烟墩上守望的人，看见洋面上驶来一艘绿壳的船，燃起狼烟，敲锣打鼓，"绿壳来了，绿壳来了"。民众闻风而动，纷纷躲藏，躲进幽深的山洞，或者藏于坚固的寨堡，严阵以待。

除了烟墩和寨堡，富裕而有力的人家，在自家院子附近，也修筑起一座座高耸的碉楼。

台州、温州沿海的碉楼，今日为数尚多，多为民国遗物。远远望去，有的像瞭望台，有的像碉堡，有的像民居。

吾乡玉环将碉楼称作"炮台"，其实碉楼之上不过就是几杆洋枪，从来不曾架起过威武的大炮。

今玉环市芦浦镇分水村半山腰的碉楼，建于1929年，块石砌成，共有三层，内设木楼梯，可以登临远眺。外墙周身枪眼密布，可以开火射击。如今，山民搬迁至平地居住，碉楼随着老房子一并荒废，屋顶坍塌，楼板朽尽。碉楼当年的主人，是个梁姓的地主，家有薄田百亩，据说曾被海上的"绿壳"绑架过，被家人以三千大洋赎回。回家后，筑起碉楼以自保。

老人说，"东洋人乱"的时候，日本鬼子杀人放火，所以海边才会有这么多的碉楼。其实，"绿壳"的成分很复杂，有落草为寇的亡命徒，也有以剿匪为名趁机打劫的官兵。很少有人能说清楚其中的道理，于是，万般罪恶归诸"东洋人"。是的，日本鬼子确实很坏。

民国时期的乐清、温岭，也有碉楼。大地方的人比岛民有钱，碉楼通常也就更加雄伟。我在乐清南塘镇朝霞村见到的碉楼，就格外高大。朋友说，这座碉楼建于八十多年前，为了防范盘踞在玉环离岛上的"绿壳"。我没有说话，本人正来自那个浙南的海岛。

大凡我见过的碉楼，朋友们都说这里曾经发生过激烈的战斗。然而，我在碉楼外墙上费心地寻找，却很少见到残留的弹孔。我不知道，当年的碉楼是否都真正派上过用场。

我的意思是，很多碉楼其实只是威慑性的。碉楼的主人会想：海上的"绿壳"不过是乌合之众，这般铜墙铁壁，他们应该会知难而退吧？那年头，只有住在碉楼里头的人，才算拥有完整的安全感。

很多碉楼也是炫耀性的。高耸的炮台，就是个人威望与身份的象征。好比我在今天的马路上，开着一辆拉风的防弹车，似乎唯有如此招摇，才能证明自己的存在。当我呼啸而过，路人投来的眼光，半是艳羡，半是怒火。

后来，碉楼的主人，多数成了开明士绅、普通地主，甚至是恶霸地主。曾经象征威望与身份的碉楼，被没收为集体的财物，或荒废，或拆除，或成为堆积集体杂物的库房。

碉楼所能提供的安全感，如此虚幻，一场必然的风暴，让它们的主人在一夜之间倾家荡产。碉楼的主人，貌似强大，但如姜文电影《让子弹飞》所示，一个偶然的人物，一次偶然的事件，就能让一座巍峨的碉楼在转瞬之间轰然坍塌。

杨府庙

我家乡所在的海岛，杨府庙是常见的庙宇。去年春节，我到吾乡玉环岛上的鲜迭镇，发现小渔村中最巍峨的建筑，是杨府庙。今年中秋，又到龙溪乡花岩浦，当地建筑之金碧辉煌者，也数杨府庙。

杨府庙里供奉何方神圣？不同地方的说法，不尽相同。温州瑞安、平阳、苍南县也有杨府庙，那里的"杨府爷"或者"杨老爷"，据说是唐代一位名叫杨精义的人。正史也这么说，《清史稿》有"温州祀唐杨精义"的记载。

事实上，很多地方的杨府爷，并不是这位我们陌生的神灵。就我所见，杨府爷有可能指杨老令公、杨六郎、穆桂英的儿子杨文广抑或其他人。其实，这些并不顶顶重要，在乡民看来，只要是能庇佑一方平安的神灵，就够了。

保平安的神灵，照例神通广大，乡下到处有杨府爷显灵的说法。这种例子，有一正一反两种情形。比方说，有人于海上遇险，幸亏杨府爷显灵，化险为夷，这是他平日虔诚供奉的结果；有人以烂稻草鞭打杨府爷，出门后，被雷电击成痴傻，这是亵渎神灵的报应。没人知道故事的真假，但所有人都乐意传播类似的"经验"。

我老家所在的乡村，也有一座远近闻名的杨府庙。外塘乡中心小学便设在庙里。这杨府庙就是我的母校，我从那里小学毕业。

母校的庙宇里头，可以确信供奉杨家将。大殿的墙壁上，绘满杨家将画像——杨老令公、佘太君、大郎至七郎、代夫出征的寡妇们，譬如穆桂英。这史上著名的英雄家族，正是吾乡的保护神。

我从小熟读《杨家将演义》，读到杨老令公撞死在李陵碑，黯然神伤，看到奸臣潘仁美阴谋得逞，气到发抖。杨家将的故事，如此深入人心，吾乡的"杨府爷"变身为杨家将是完全合理的。

这大殿，平常是学子课间游戏的地方。孩子在神灵俯视下，尽情打闹，直至上课铃声响起。每当开学，爷爷千叮万嘱，要我在学校千万莫说唐突的话，莫为亵渎的事，比如我在前面举过的烂稻草的例子。爷爷的叮咛，让我对墙头一门忠烈的杨家将格外敬畏。我有时甚至认为，他们就像我敬爱的老师，是专门前来督导孩子的。

杨老令公与佘太君的画像下方，有个纸炉，平时烧点纸钱、香火什么的。开学时节，经常有老太太、老大爷前来捡拾字纸，凡是写有汉字而又被随意丢弃的纸张，均被小心翼翼地收集，塞进纸炉，集中焚化。我爷爷说，糟蹋字纸是种罪过，拿字纸擦屁股尤甚，轻者痴傻愚钝，重者五雷轰顶。上学读书，竟有生命危险，以至我有时又认为，追求真理可能是一项悲壮的事业。

爷爷粗通文墨，能读《三国》《水浒》，来学校捡拾字纸的乡亲，大半是文盲，然而他们对汉字，有同等的敬畏。

庙宇大殿的前方有座戏台，每逢庙会，杨府庙里都会演戏以酬神。不演戏的时候，戏台是孩子健身娱乐的设施，他们爬上跳下，让老师头痛不已。演戏的时候，老师也不得轻松，我们在教室这头上课，而戏台那头锣鼓喧天、出将入相。学子朗朗的读书声、舞台上下的喧闹声、祭祀杨家将的缭绕香烟，缠绵悱恻，混成一团。如今，每当在电视中看到"国学家"高谈"天人合一"，我就会想起母校。窃以为，当年的情景，十分符合古书中描述的天人合一的境界。

我们的教室，围绕在戏台周边，单层的瓦屋，围拢成一个"口"字。在"口"字的西北角，设有公共厕所，男女分开——其实是两个规模稍大的粪缸。附近村民定期上门收购、打理。庙宇周边的农田庄稼，全靠这里的粪当家。你别嫌弃它臭气冲天，当年杨府庙里的老师，他们全年的福利，全指望着这两口粪缸。

写在瓷窑址考古边上

1998年至2006年间，我在浙江主要从事瓷窑址的调查和发掘工作，曾经对越窑、龙泉窑青瓷用情至深，下过许多功夫。然而，制瓷烧窑，毕竟是底层民众的营生，即便我们认为瓷器是中华民族的伟大创造，龙泉青瓷代表了宋代审美的典范，那也只是今人的看法，与古人无关。唐宋元明的文献记载窑业的史料极其匮乏，盖因古人认为坛坛罐罐，无当大道，无关风雅，简直不值得浪费笔墨。

酸腐文人宁可吟诵空洞的诗文，也不愿意正视民众真正的生活，这是令人遗憾的。因为文献不足以提供具体的历史背景，器物本身又不会说话，与古墓葬、城市考古更容易和广阔的历史学议题对接相反，在瓷窑址考古领域，想写出打动普通人情感的"透物见人"的文章，是非常艰难的。我至今无法以龙泉窑、越窑为题材写出满意的文字，尽管我在瓷窑址考古领域摸爬滚打过五六年。

　　然而，唯其艰难，工作才有意义。如果只是从古书里贩卖故事，添油加醋地将文言文翻译成白话文，那又有什么意思呢。以下五篇文字，便是我从事瓷窑址考古之余的写作尝试。

缸窑

　　2001年，杭州市萧山区进化镇邵家塔村，一个名叫"前山"的山丘，我在那里发掘一处春秋战国时期的窑址。

　　窑炉沿山坡而建，远远望去，细细长长，像一条蜈蚣，有人称为"蜈蚣窑"。蜈蚣的外形，同时也像蟒蛇或巨龙，挑好听的说，我们习惯称之为"龙窑"。龙窑，是浙江自古及今最常见的窑炉类型。

　　龙窑两侧，堆满陶瓷碎片，主要有两路产品：一路是印纹硬陶，为大型的坛坛罐罐；一路是原始青瓷，是小型的碗碗盘盘。产品像从流水线上出来的，看似数目浩瀚，其实粗朴而单调，不是碗就是盘，不是坛子就是罐子。

　　这是春秋晚期至战国初的窑址，两千多年前的遗物，破破烂烂，不会说话。于是，我常常思考这些问题：古人到底怎样生产，又是如何生活的，诸如此类。

说来也巧，前山对面的小山坡另有一处缸窑遗址，废弃已有十多年了。当年的窑师傅，名叫曹先海，趁农闲时分，来到考古工地做小工。他经常给我讲过去的事情。

缸窑创建于1971年，那里原先是片茶园。砍去茶树，略经平整，在基岩上挖掘出一长条形的基槽，在基槽上就建起了龙窑。窑成后，首尾四十多米，分窑头、窑腔、窑尾三部分：窑头是生火的火膛，窑腔是装烧坯件的空间，窑尾则有排烟孔和烟囱。龙窑两侧筑以石砌护墙。建窑是个技术活，务求牢固，且密封性好，为此，当年特意从义乌请来窑师傅担任技术顾问。

龙窑生产水缸、米缸、粪缸、咸菜坛子、酒坛子、盐氅、药罐、茶瓶、夜壶等粗质陶器。每窑烧足一天一夜，熄火后，再闷两日，方可出窑。

最初，龙窑每年平均出窑二十多次。烧窑频次越多，成本越低，最忌"三天打鱼，两天晒网"。两窑之间相隔时间过长，窑冷了，耗费燃料也多。当然，烧窑最怕下雨，一落大雨就完蛋了。

陶器虽然粗糙，烧好也不容易。如果义乌的窑师傅不在现场把关，本土师傅经验、技术不过硬，每窑成品率达到60%已算不错。龙窑周边，废墟山积，全是些歪瓜裂枣的废品，要么过烧，要么火候不够。

成品率只有达到78%以上，才有利润盈余。这并不容易做到，但是，曹先海师傅他们依然坚持生产，以至于每年开窑二十次之多。

因为创窑之初，缸窑是人民公社生产队的集体财产。窑土就地取材，釉料从绍兴进口，反正是"大锅饭"，材料费由集体支付，取土造成的农田毁坏无须赔偿。至于人力，本来就不值钱，简直不能算成本。所以，即使成品率不高，表面看来，烧窑每年均有盈余。1975年，遂建起第二条龙窑，以扩大生产。

1982年包产到户，曹先海师傅承包了缸窑，结果连年亏损。天哪！原来人力、材料、土地补偿，样样都要钱，燃料的支出，尤其巨大。很多人认为烧窑的燃料，稻草、柴火，随便什么都行。不是的，烧窑对燃料有选择性，专用松树，尤以细如大拇指的松枝为佳。不过几年，当地的松树全被砍光了，只好从富阳山区远道运来，成本大到没法说。

屋漏偏逢连夜雨。20世纪80年代以来，生活方式巨变，一夜之间，塑料制品、抽水马桶纷纷涌现。米缸、粪缸、坛坛罐罐，销售量锐减，到后来连半件也卖不动了。1991年，这处缸窑终于熄火，自创始之日算起，前后凡二十年。

　　曹师傅回首往事，频频叹气，说："就算技艺高超的义乌师傅，天天给我出谋划策，同样无力回天。"

　　十二年后，也就是2013年，我来到义乌市义亭镇的何店，这里就是当年曹先海师傅言必称"义乌师傅"的家乡。

　　何店濒临义乌江，明清以来，以烧造缸窑著名，产品畅销各地。晚清民国时，在金华、兰溪等地开有专卖陶器的商号，很多窑户因此致富。当地俗语说得好："十里红山出状元，不爱状元要缸窑。"

　　我在何店的时候，在山间地头也见到很多龙窑。论技术，这边的窑师傅远比萧山邵家塔的高明，但毫无例外，窑火也已全数熄灭。最后一条龙窑，据说坚持到了2007年底。这才过去六年，山脚下，空余一片荒芜的窑场，看着与两千多年前的萧山春秋战国窑址一般模样，冷清寥落，茅草丛生。

碗窑

　　过去的乡下人，种地之外，也有别的营生，烧窑就是常见的副业。砖瓦石灰、碗盘坛罐，都算窑制品，本文只说后者。

乡下人技艺不高，只能做粗瓷大碗，以补贴家用。碗者，人手必备，且易碎，是刚性需求。制作这类大碗的土窑，就是碗窑。

窑之所在，附近总要有像样的瓷土和柴火，所以，碗窑通常都在山区或半山区。个别规模化经营的地方，小山村的名字索性也叫碗窑。

我知道的碗窑村，为数不少。窑址多为清代、民国遗迹，个别延续至不久以前。

景宁县油田村有个叫碗窑的地方，为滩坑水库淹没之前，我曾去过。山脚田头，时有清代窑址，瓷片如山积，产品却只有碗、盘两种，运气好了，才能捡到个油灯盏。碗的口沿下，内壁多画一圈青花弦纹，即吾乡台州所谓蓝边碗，个别内底画有极潦草的花卉或者"寿山福海"字样，粗俗极了。当然，朋友们谓其质朴、有生活气息，我也不反对。

发掘的时候，工地现场来了很多好奇的群众。听说我是考古专家，纷纷"不耻下问"：这是什么朝代的古董？能不能卖钱呀？未几，终于决定不学圣人的中庸模样，几乎异口同声——"破东西"。

群众的意见是正确的。破东西的意思有两层：一指东西粗劣，何况瓷片真的很破；一指东西没用，一文不值。碗的粗糙，有目共睹。碗的"没用"，也容易理解。帝王御膳、满汉全席，花样百出，才需要考证研究；难民的充饥之物，脚后跟也想得到，给什么吃什么，什么都不给，只好啃树皮。近世乡下人习用的碗盘，与此同理。

话讲得绝对，当然不全面。景宁的碗窑只是遗址，之所以没用，是因为一碗障目，看不到背后的人。

与景宁不同，苍南县桥墩镇和江山市峡口镇三卿口的碗窑村，窑火都延烧到了前不久。苍南我没去过，网络上搜得到，但文章不能这么做，这里只说江山的。

三卿口碗窑村，全村姓黄，三百多年前从福建连城辗转迁来，祖辈以制瓷为业，传统制瓷的整套工艺流程、龙窑、作坊保存完好。唐代的越窑，也知道入窑时将瓷坯装在"匣钵"中，以隔绝火焰熏燎，三卿口的瓷器却不用这类套筒，任凭它们裸身葬于火海，工艺的古朴、粗放，胜似汉六朝。

听老人说，新中国成立前夕，碗窑全村凡四十户，一户富农，两三户中农，余皆贫农，没有地主。壮劳力不出远门，农忙务农，农闲做碗，既无土地也不会做碗的，靠砍柴或挑运瓷器谋食。老人全家六口，薄田一亩，口粮不足，靠卖碗补贴，祖父、父亲做碗，祖母、母亲画花，自己和弟弟砍柴，一家全年出碗八千只，每筒碗（十只）折合大米三斤。山上的柴火不用钱，商品也不另外征税，所以生活尚可。外面的姑娘也愿意嫁进来，只要有手有脚，村里很少打光棍的。

这与今天的经验不同。今天的物质生活虽然远胜过当年，但我去过的山区，通常只有老幼留守，全然不见壮年人，遑论年轻姑娘。我每到一处，也乐得如此。老人们太寂寞，难得有个"年轻人"递烟倒水，还愿意在低矮的土垣旁边，听他们讲那过去的事情。

曹娥江

曹娥江上游，发源于浙中山区；中游流经嵊州、上虞境内的低山丘陵；下游是水网平原，最终归于大海。

曹娥江中游地区，即今上虞市南部上浦镇至嵊州北部一线，山水清嘉，沃野千里。在嵊州境内，曹娥江有个更诗意的名字——剡溪，古典文学爱好者，想必不陌生。东汉永建四年（129），以上虞县南乡、剡县（今嵊州）北部析置始宁县，直到隋开皇九年（589）撤县，其地复归上虞。

　　汉六朝时期的上虞、始宁两县，乃人文荟萃之地。投江救父的孝女曹娥（曹娥江因此得名），今日被尊为"唯物主义思想家"的王充，都是上虞人；"淝水之战"主角谢安隐居的东山，"山水诗鼻祖"谢灵运的庄园"始宁墅"，都在始宁县；逆流而上，上溯至剡溪，故事就更多了，姑以"雪夜访戴"为例：王羲之的儿子王子猷，居山阴，夜大雪，忽然想起远在剡县的友人戴逵，连夜乘舟前往，好不容易到了戴家门口，却又转身返回。人问其故，王子猷说："我本乘兴而来，而今兴致已尽，又何必见他呢？"

　　王谢风流，固然有说头，可惜缺乏考古实物的证据。上浦镇附近的东山，据说为谢安"东山再起"之所在，山上有座真伪莫辨的谢安墓；谢灵运笔下气象万千的始宁墅，具体在何处，尚有争议；至于"雪夜访戴"故事的真实性，还是去问《世说新语》的作者吧。在考古学家看来，曹娥江中游两岸的丘陵地区被称为"六朝胜地"，实至名归，不因为雪夜访戴，而是此地有密集的汉六朝墓地，更有当时规模最大、品质最高的青瓷窑址群。

　　稍稍熟悉中国陶瓷史的人知道，这里曾是汉六朝越窑青瓷的中心产区。上浦镇石浦村四峰山麓的小仙坛窑址，所出青瓷，釉色莹润，胎骨坚致，胎釉结合紧密，吸水率低，因学术界推其为"成熟青瓷诞生地"而载入史册。这些年，好古人士，慕名而来，络绎不绝，如今的小仙坛，地表已经捡不到瓷片了，只有一通文物保护碑，彰显着这里是中国最早烧造成熟瓷器的地方。

四峰山的青瓷，品质确实好。2004年，我在小仙坛附近的大圆坪发掘了一处东汉窑址，论胎釉，论工艺，论造型，都不逊色于小仙坛的青瓷。老实说，比我儿时在乡下老家使用的粗瓷大碗强多了。

三国西晋时期，青瓷生产较东汉晚期取得长足进步。曹娥江中游地区的窑业，至此臻于鼎盛阶段。该时期窑址数量多，生产规模大，瓷器品质高，工艺精致且复杂。2006年，我在上浦大善村发掘的尼姑婆山三国西晋窑址，应该是生产高档青瓷的窑场，釉色好，装饰美，器物丰富，代表了当时曹娥江流域与中国青瓷生产的最高水准。发掘期间，凡是来过现场考察的古陶瓷专家无不赞叹——"六朝故都"南京及其附近地区出土的同期高档青瓷，多半出产于上虞上浦镇。

当年的窑场，通常依山傍水，分布在低山缓坡。烧窑需要燃料，制瓷需要瓷土，生产和运输需要水源，龙窑需要利用低山的自然坡度。这一切条件，曹娥江下游的平原、上游的山区皆无法同时具备，唯有中游两岸的低山丘陵地区，天然适宜建窑制瓷。自东汉至西晋，曹娥江中游两岸，薪火相传，窑火通明，作为本土的传统产业，青瓷的质量和规模，遥遥领先于别的地方。

然而，当历史进入东晋以后，当地的青瓷生产骤然衰落了，生产规模大幅萎缩，窑址数量锐减至三国西晋鼎盛时期的十分之一；产品质量全面滑坡，造型复杂的器物、精美的装饰，比如堆塑魂瓶、各色三足酒樽，短期之间，消失不见。

真是咄咄怪事！很多越窑研究者为此费尽思量。当年我发掘尼姑婆山窑址，白天上工，晚上常常躺在床头想，到底是什么原因呢？两晋之交，窑业忽然就衰落了。莫非东晋时候，松木砍光了，瓷土耗尽了，曹娥江水干了？逐个寻思，逐个排除。

后来，我是这么考虑的——当我想到这个点子时，兴奋得好几天没睡着，甚至以为这是个天才的设想，当时的我，真有激情。略如前述，在东汉、三国西晋时期，陶瓷业是上虞、始宁县的传统产业。西晋的"永嘉之乱"，先是八王之乱，后有"五胡乱华"，中原板荡，十室九空。北方世族，纷纷南迁，在南京新建东晋王朝。"旧时王谢"的到来，完全改变了江南地区政治、经济和文化的面貌。

东晋时期，曹娥江中游地区逐渐为南徙的北方世族占据，主流人群发生改变，传说谢安隐居东山，王羲之寓居剡县，谢玄、谢灵运祖孙占籍始宁，都是著名的例子。他们在政治上享有特权，每至一地，到处"封山占水"，开辟庄园。而新辟的庄园，通常都在依山傍水的好地方，谢灵运《山居赋》描述的"始宁墅"，偌大的庄园，沿着曹娥江，南北绵延四十里，在始宁墅里，山峰河川、田园阡陌、茂林修竹、飞禽走兽、园林别业，应有尽有（见《宋书》卷九十七《谢灵运传》）。而他们占领的傍山带江之处，正是此前本地人烧窑制瓷的好地方。

大族占领山泽，禁止他人入内砍柴捕鱼，遑论取土烧窑。正如《宋书》所言，"晋自中兴以来，治纲大弛，权门并兼，强弱相凌，百姓流离，不得保其业"（《宋书》卷二《本纪·武帝中》）。东晋以来，北方世族在江南求田问舍、封山占水，造成无数当地百姓破产。

过去，我们通常将世族南迁视为促进南方经济（包括农业、手工业）发展的积极因素。其实，北人南迁的具体影响，需要具体分析。来自北方的强权者，既可能是生产的组织者，也可能是生产的破坏者。譬如农业，北方人带来更先进的生产力及更多的劳动人口，影响可能比较正面，而在瓷器手工业方面则未必。瓷器是南方百姓的传统产业，而来自北方的人毫无制瓷传统，他们"封山占水"，只会造成本土陶瓷业的全面凋敝。

这就是我推测的两晋之交曹娥江中游地区青瓷窑业衰落的主要原因。因为本地人的传统产业生态，被强势介入的北方人破坏了。

而今，年少时的轻狂，逐渐褪去，我深知接近历史真相之难，难于上青天。以上看法，未敢自是，充其量只是逻辑自洽的说法。稍可宽慰者，考古工作有个莫大的好处：可以对历史指指点点，大胆推测，万一猜错了，领导不会扣我工资，古人也不会跳出来顶嘴。

遗址盗掘消亡史

浙南丽水山区的龙泉市，以生产青瓷著名，境内遗址众多。

龙泉窑业，延续时间长，生产规模大，至南宋后期，

成功烧造粉青、梅子青釉瓷器，其精品，釉色温润，造型
典雅，深受文人雅士和古董贩子的青睐。

宋元高档瓷器，在龙泉境内，有三大产地：大窑、金
村、溪口。传说宋代有章生一、章生二兄弟，善治瓷业。
哥哥章生一所出之青瓷，黑胎，粉青厚釉，釉面多冰裂纹，
称为"哥窑"；章生二所出，白胎，釉面无纹，称为"弟
窑"。故事真伪，无从判断，但南宋龙泉窑瓷器确实分为黑
胎、白胎两种——"哥窑"黑胎瓷，主要集中在溪口地区，
产量尤其小，格外珍贵。

2011年，浙江省文物考古研究所组织的考古队，在溪
口发掘了瓦窑垟窑址，共掘出龙窑两条。窑炉很长，装烧
量不小，但出土瓷片极少，除去一些指甲盖般大小的瓷片，
现场几乎捡不到稍稍大片的黑胎瓷器。眼前的山野，郁郁
葱葱，看似岁月静好，但考古队员推测这片窑址早在民国
年间即遭严重盗掘，早已被翻个底朝天。

我同事的推测当然是可靠的。20世纪二三十年代，中
国古陶瓷考古的先驱陈万里先生曾经"九下龙泉，八上大
窑"，前来调查青瓷，写有《龙泉访古记》等考察笔记。每
一次他来大窑，总能见到现场一片狼藉，遭人挖掘过的地
方，处处陷为大坑，来自上海、温州的古董商人甚至在遗

址现场收购"古董"，乡人将新鲜出土的器物就地叫卖。1935年，陈万里路过大窑高漈头时，山坡上正在挖掘，他亲见现场出土的香炉"以百十元之高价"交易，那是个残破的器物。

盗掘窑址的风气，肇始于清末，民国以后，愈演愈烈。瓷器卖到温州、上海可以换钱，卖给外国人更值钱。满山的窑址，老乡上山一挖，就能赚个千儿八百，比种庄稼强多了。可惜"飞钱只当飞钱用"，挖古董赚来的钱不是钱，吃喝嫖赌，用得精光，只好继续上山，接着挖。

残器诚可贵，整器价更高。遗址中的器物，即所谓"窑底货"，是古代窑工就地抛弃的残次品，不是搭釉、窑风，就是残损，总之有各种瑕疵，完美的器物通常只在坟墓中才有。龙泉窑器物，以龙虎瓶最值钱，这是南宋浙南山区特有的在坟墓里成对摆设的随葬冥器，挖到品相完好的龙虎瓶，那就发财了。一时间，龙泉及其邻县福建浦城，盗墓盛行，人心大坏。1940年，浦城县政府下令驱逐古董商，派警察到汽车站搜查，发现古物，当即没收，浦城的古董贩子因此都逃到龙泉来。

古董贩子，云集龙泉，只要是完整的白胎瓷器，就敢漫天要价。至于"物以稀为贵"的黑胎瓷器，更加奇货可居，陈万里说"不问物品如何，但系黑胎，一律出以高价，贩之沪上，可获巨利"。1941年法币贬值后，古董大幅涨价，溪口出土的"黑胎标本，动辄数十金"。

利之所在，熙来攘往。溪口瓦窑垟的黑胎青瓷窑场，数十年间，不知被人翻搅过多少遍，稍大一点的瓷片，早被人捡去卖钱了。2011年，在瓦窑垟窑址发掘的考古人，运气不错，居然能捡到指甲盖般大小的片子，那是旧社会的劫余，侥幸留到新时代。

旧社会之乱象，罄竹难书。当然，不能说龙泉出土的瓷器全卖到了外地，本土也有大收藏家，例如龙泉县（今龙泉市）八都乡绅吴梓培、吴文苑叔侄。吴梓培是晚清廪生，热心乡邦文物，1944年出任重修《龙泉县志》的总纂，据浙江省文物管理委员会档案记载，他"收藏了大批哥窑、弟窑及一般龙泉窑，珍贵稀有，为全国独一无二之物"。

1950年土地改革后，吴梓培家的财产被人民政府没收，瓷器不知下落。浙江省文物管理委员会作为上级文物保护管理机构，曾经发文追查瓷器下落，龙泉地方政府答复说"在土改中，这些瓷器都被当作家具处理分配给群众了"。文管会专家认为，吴家旧藏多为"窑底货"，残破不合日用，何况龙泉人耳濡目染，都知道旧瓷器是古董，不可能当成日用器皿来处理。为查清文物去向，1953年浙江省文物管理委员会特地派遣工作人员前往龙泉八都吴梓培老家调查。据调查得知，古瓷器确实并未分配给农民，当时大家看到吴家布匹、粮食很多，忙着分田分地分粮食，谁也顾不上这些破烂的瓷器。而地主老财早已吓破了胆，也不敢索回这些象征旧时代腐朽生活方式的古董。大概是随其自生自灭，未几，瓷器散失殆尽。

旧世界打个落花流水，新社会"把颠倒的历史再颠倒过来"，赏玩瓷器不再是风雅事业，贩卖古董不再是正当行业。随着古董贩子的散去，龙泉窑遗址的盗掘乱象，终于得到根本性遏制。此后几十年间，天下无事，这是近代龙泉窑遗址文物保护史上最重大的事件。

韩瓶

2014年，丽水城内的应星楼遗址出土了一堆韩瓶。这种小口、鼓肩、修腹、平底的陶瓶，是宋代的酒瓶。

这种瓶子存世量极大，大概是今日江南地区最多见的南宋陶器。江南人称"韩瓶"，据说是南宋抗金名将韩世忠的背嵬军行军时的水瓶，故名。近人邓之诚《骨董琐记》设有"韩瓶"专条记之。

韩瓶不算精工，简直粗糙，即便与韩世忠攀上关系，终究难充雅玩，不入藏家法眼。传说韩瓶颇适于插花，只要不洗去瓶内残留的污泥，"插花可活"。清代文人的清供图，果真见有用韩瓶插花的，倒也不失为废物利用的一途。

宋代无烈性的蒸馏酒，流行的谷物酒只相当于今日江南乡下家酿的米酒，品质上较为接近绍兴黄酒。大碗喝酒的水浒英雄，请你不必太过担心，他们不喝高度酒，何况本来都是海量的好汉。

绍兴的酒鬻就是粗胎质的陶器坛子，以黄泥封口，黄酒适合装在这种坛子里。同理，韩瓶看似粗糙，也适合装盛宋代的米酒。

一瓶宋酒，如何封口？我猜想，用一片棕子叶扎住瓶口，然后糊点泥巴即可，只是苦无证据。河南新乡倒是出土过一批金代的"酒封泥"，其上戳印各种"官押"文字，足证酒瓶以泥巴糊口，古已有之。

在宋代，酒是官府专卖的商品，这种制度即"禁榷"或"榷酒"。作为朝廷重要的财政收入来源，酒的酿造、销售由官府控制，严禁私酿私售。当然，天高皇帝远的地方，老百姓偶尔做些偷偷摸摸的事，容或有之，但总之是零星而不成规模的。

各级官府，从京师到州府军，再到县镇，设有无数专卖酒水的机构，即酒务——州府的称"都酒务"，县镇的称"酒务"。酒，以"瓶"为单位出售，韩瓶是酒务、酒坊中最常见的东西，跟今日的啤酒瓶一样，一点也不稀罕。

韩瓶，是种耗材，日积月累，废酒瓶多得不得了。宁波月湖的宋代都酒务遗址，出土的韩瓶成千上万，如今只挑选了其中极小的部分，陈列在宁波市博物馆的二楼展厅；嘉兴城内的瓶山，本是宋代都酒务所在，到处都是破酒瓶，这座垃圾山，就是今天的瓶山公园，直到近代，据说还时有韩瓶出土；前几年，舟山定海城内，在城市建设中集中出土了大量韩瓶，装了几卡车，不消说，那里曾经也是宋代昌国县的一处酒务。

韩瓶数量极多，形制类同，只是大大小小、规格不一。一般来讲，北宋晚期的韩瓶，既粗且壮，然后一代不如一代，至南宋，韩瓶变得瘦小。你千万别以为南宋人文气、酒量小，酒是论瓶卖的，酒瓶矮小了，官府的利润因此也就"高大"了。

南宋冗官冗兵，朝廷上下，养了这么多的官吏，费用不赀，能从民间多盘剥就多盘剥点，这是可以理解的。

伤脑筋的是，冗官之余，同时又养了许多的兵。边防吃紧，不养不行，万一粮饷不继，军队哗变，非但不足以御敌，反成乱源，更成问题。

可是，朝廷手头太紧，拿不出太多钱物，所以，一般也允许军队自觅财路，给他们酿酒、卖酒的特权，自然都是些包赚不赔的买卖。南宋前期，军队专擅酒利，是普遍的情形，好比晚清民国时期的军阀，种植鸦片、贩卖毒品，上头只是睁一只眼、闭一只眼，装着看不见。

这么说来，所谓"南宋中兴四将"，韩世忠、岳飞、刘光世、张俊的军队，均有可能酿过酒，也卖过酒。酿酒卖酒，当然需要酒瓶，他们同时也可能生产酒瓶。后世称这种小口修腹的陶瓶为"韩瓶"，且一口咬定是韩世忠的发明创造，个中缘由，也许就在这里。

以貌取人，是人类固有的偏见。人们喜爱龙泉的玉壶春瓶、宜兴的紫砂壶，却很少有人关心韩瓶，但这不能说明韩瓶缺乏文化内涵。好比说，今年夏天我被太阳晒得漆黑，远看近看都是个农民，但等我开口说话，人家才晓得考古工作者原来还是专家学者的一种。

相对于清供雅玩、各种"小摆设"，韩瓶来自更加广阔而深刻的生活。如前所述，酒是宋代重要的商品，关乎国计民生。同理，韩瓶亦如此。

二十多年前，安徽芜湖城内出土了很多韩瓶，有的瓶子上赫然戳印有"宣州官窑"字样。有人大惊小怪，说，这么粗糙、大大咧咧的产品，竟然僭称"官窑"，简直不要脸。在他看来，官窑是不计工本追求品质的瓷窑场，只有外表光鲜、精致漂亮的瓷器才算官窑，破破烂烂的坛坛罐罐，只配称为民窑。

说出这番话，真是外行人。酒，是宋廷严格控制并专卖的商品，民间几乎不存在大规模的酿造。酒，既然为各级官府的酒务严格掌控，那么，酒瓶的烧造，同样也是在酒务控制卜的窑场进行。当然，也可以是酒务将韩瓶的烧造任务摊派给民间窑场烧造。总之，韩瓶烧造多少有点官方背景，而纯民间背景的私自大规模烧造活动，非但无用，反而可能惹祸上身。

在榷酒制度下，烧造酒瓶的窑场，其天然属性就是官窑。"宣州官窑"款韩瓶的意思是，宣州酒务控制下的窑场所生产之酒瓶。

酒是国家财源命脉之所系，酒瓶生产必然由官府严格控制。相反，一般的日用、陈设瓷器，在经济生活中的比重，跟韩瓶完全不能相比。在宋高宗和各级官员看来，那些貌似美观的瓷器只是"无用之物"，恨不得全部通过海上丝绸之路卖给外国人，以换取"外汇"。今天，我们认为龙泉窑青瓷、景德镇青白瓷、德化窑白瓷，比韩瓶重要，只是现代人的价值观，与宋高宗、宋孝宗皇帝无关。

传世文献，浩如烟海，但很少有记载瓷器生产的，即便南宋官窑、龙泉窑等"一代名窑"也不例外。这只能有一种解释，就是宋人认为这些东西无当大道，不值得说。相反，宋人文献中时常可见的"官窑"，十之七八，不是砖瓦窑，就是专烧酒瓶的窑场。

越窑上林湖、龙泉大窑，现在是世界闻名的青瓷窑场，均分布于远离都市的偏远山村，那里山清水秀，适合瓷器烧造。而韩瓶窑场的选址偏不这样，浙江到处有韩瓶窑，分布范围远比越窑、龙泉窑广泛，通常只位于城市和大集镇的附近。2004年，富阳发掘了一处韩瓶窑，就在县城附近。为什么？这座"瓶窑"是为本县酒务配套生产酒瓶的。

杭州人特别关心南宋官窑，热心人多了，七嘴八舌，把问题说得越来越复杂、越来越玄乎。有人在地方志中看到临安府钱塘县有个"官窑岭"，如获至宝，说余杭区也有一处南宋官窑，可能也烧造如冰似玉、紫口铁足的官窑器呢。

　　其实，官窑岭在今天余杭区的瓶窑镇附近。瓶窑镇，今天以良渚文化遗址群的中心地而闻名，在宋代是个烧造韩瓶的大集镇，破酒瓶实在太多，故曰"瓶窑"。

乡土文物漫谈

　　在所有的文物类型中，乡土文物和我们的生活关系最密切。我到丽水、温州、台州、金华、衢州的乡下，从事配合基本建设的抢救性考古发掘，高速公路、铁路通往哪里，我的脚步就跟到哪里。有一段时间，我每年在野外发掘的时间，少说在半年以上，租住老乡民房，日出而作，日落而歇，与村民共进退、同喜忧。我们在一日千里的新时代和遥远的古代之间的夹缝中生活，在经济建设和文物保护的冲突中工作，在各种社会力量的矛盾交叉点中寻找文物保护的平衡点。

　　尽管如此，作为第一线的考古领队，我经常看到在摧枯拉朽的推土机下，大量的文物在建设中被破坏，彻底消失。文物是不可再生的资源，一旦失去，就无法挽回。

　　回到基本建设与文物保护的老话题。在田野工作实践中，我加深了对这块土地的认识。坦率地说，我对乡土文物并无研究，但我对乡土文物的认识和感情，完全来自生活。乡土文物，尤其是公共建筑，比如古塔、桥梁、驿道、宗祠，是一个地方的文化地标，凝结着几代人的记忆和情感，是深藏于人心的家园符号和象征。对文物的破坏，表面上看，只是毁坏一些老旧的东西，其实，摧毁了一个社群的向心力和凝聚力，毁灭了人们心中共同的美好情感。只有大家意识到文物可能与自己的生活、情感和思想有关，那么，文物保护才能变成发自内心的自发行为。

我偶尔写些乡土文物的文章，故意说许多狠话，只是想做一件事——希望大家知道古代的文物可能和我们当下的生活有关。

古民居

金衢盆地的龙游、兰溪，今日不算十分富裕，明清时期可是商贾辈出。有多少人的生意失败了，我们不爱听，这里只说那些衣锦还乡的"成功人士"。

乡下的攀比较劲，住宅是最直观的载体，在媒婆的花言巧语中，向来以豪宅别业最具说服力。家乡房子的观瞻，是富商巨贾的人生大事。今日，龙游、兰溪所见的古民居，通常都很气派。

说是古民居，其实不太古，多为清代、民国遗构，如果能发现明代以前的房子，将比考古队员掘到北京人头盖骨更加稀罕。

远远地，我们就能望见三山或五山的马头墙。在今天的 logo（标志）中，高耸入云的马头墙是江南民居的经典意象。

看过马头墙，迎面而来的是门楼。门楼是民居的正门，由砖石砌成，外观却完全是一座极尽雕饰的木牌楼，这是"门面"的题中应有之义。高处的瓦檐，两端高高翘起，门上的雕饰不是吉祥图案就是忠孝节义的故事，见过这种门楼的人，当能体会"鬼斧神工"绝非玄虚的文学词语。然而，村庄中的门楼大同小异，虽然壮观，却也单调。凡事太过了，又必然显得俗气，我们欣赏女子适度化妆，而眼前这位名叫门楼的"徐娘"，年纪不小，脸上的脂粉却厚得不得了。成功人士追求美与体面的生活方式，值得赞许，只是他们的趣味从来需要文人的引导。

　　穿过正门，便是开敞的堂屋，也称中堂。想当年，太师壁中央，会悬挂一幅中堂画，俗人往往是花花绿绿的喜庆画，雅人则是寄情高远的山水画。两侧的对联和上头的堂匾，书法辞章，未必俱佳，但比今日的公园里所见又高出一筹。太师壁前的长条案，中间摆香炉，两侧对称置有烛台、花瓶各一，这是庄严的组合；案前的八仙桌，左右各设太师椅，主人安坐其上，这是体面的姿态；两侧的侧壁，照例也挂书画，让主人看去更像个"儒商"，这是风雅的象征。如果实在无力置办名家字画，又不怕别人笑话，以景德镇烧制的瓷板画权宜代之，亦可。

　　凡是肉眼不容易见到的地方，可就简陋多了。外观气派的房子，内里通常采光不佳，通风不良，黑咕隆咚的角落，所在多有。后头的厨房，柴火挨着灶头，煮起饭来，呛得要死。当然，满院子也找不到像样的厕所。按理说，住宅的设计，应该首先考虑人的生活需要，可从古民居的实际状况看，设计师大概是把自己当成了不食人间烟火的神仙。

　　两侧的厢房，当年住女眷。门窗隔扇的木雕，总是古民居中最吸引眼球的部分。机械的几何纹样，组合起来，竟然如此灵动而浑然一体，点缀其间的禽鸟正欲夺框而出，腰板间的人物仿佛又能开口讲话。人们无不叹服，赞美东阳木雕师傅的天才创造，然而又不免疑心，莫非古人更在乎构件的雕饰而非居住的舒适，好比写文章的人专下那辞藻的功夫？

透过精美的窗棂，费力向内搜寻，只见一团漆黑。是的，女子的闺房岂容他人偷觑。曾记否，红楼中的林黛玉，只念得一句《西厢记》"纱窗也没有红娘报"，薛宝钗便以为这位小姐简直满嘴胡话。窗棂背后，是封闭压抑的樊笼，有多少妙龄女子的青春，不曾怒放，便已凋零。

圣人制礼作乐，用心良苦，古民居的固定格式，自有深意存焉。奢华而压抑的大房子中探出来的，是一张张麻木而枯萎的脸，如同我们在鲁迅先生笔下的未庄和鲁镇见过的那样。

千工万工

过去，富裕人家的攀比，住宅是直观的载体。门头的雕饰，争奇斗艳，是其具象的呈现。

一时一地的门楼，木雕与灰塑精彩纷呈。论题材，通常不出忠孝节义、福禄寿喜的范围；论工艺之繁复，则每每令人惊叹。可是，看不出各家各户在"设计趣味"上到底有些什么不同。美轮美奂的艺术品，多半又是毫无情感的工艺品。

炫富，不需要情感，也不需要太多的创造力。富人追求的效果就是"费工"，谁家的房子费工多，谁就有面子。这是过去许多地方的风俗。

我酝酿这篇文字已有时日，迟迟未能动笔，是因为无法"量化"建造这类门楼到底要费多少工，也不懂清朝的泥水匠、木雕师傅，工钱该怎么算，不同地区、不同时期的记工方式、工钱又有哪些差别。如今明白，这么高远的学术目标，对一篇千字文，太奢侈了。

江南的市井乡村，除了门楼，人们也乐意夸耀他家的"百工床"或"千工床"。床的名贵，照例不在品质，而在用工多少。用工的多少，是笔糊涂账，于是笼统称为"百工"或"千工"，总之是费工无数的意思。

2004年，我在桐庐富春江镇考古发掘。有位收藏家朋友知道我干考古，就武断地认定我是个古董家。他有一张来自宁波地区的千工床，晚清遗物，应了"叠床架屋"的成语，其上的雕镂，大凡历史故事、人物瑞兽、花卉杂宝，只要民众乐见，一律往上堆。躺在床上，只觉得眼花缭乱、天旋地转，雕镂太过，反而不觉其美，倒以为累赘、俗气。我不认为这张床用起来会比我老家的竹榻、木板床舒服。

吾乡的木板床，一块平板，四角竖立四根柱子，支撑起一块平顶，不事任何雕琢，简朴而大气。吾乡之"大气"，与审美无关，大概是岛民不及宁波人富裕，来不了"俗气"的套路。

朋友问："这张床值多少钱？"我答不上来，就说："一定很贵，你看这工艺，说是千工床，我看不止两三千工，除去木料，光是工钱，也不好说，即便清朝的劳动力很便宜。"

对那些勇于炫富的人来说，千工床跟电影一样，毕竟是门遗憾的艺术。我们总不太好意思硬把客人往卧室里拉，说，你瞧，我不差钱呢，这床就耗费了一千工。

为了弥补这样那样的遗憾，千工床之外，又有万工轿。浙江省博物馆收藏的万工轿，入选该馆"十大镇馆之宝"。这顶轿子，是清末民初的宁波花轿，朱金木雕、金碧辉煌，重得要命，名副其实的八人大轿。

　　万工轿，在博物馆长年展出。我猜想，绝大多数的观众，可能没有耐心将它的装饰看个通透，包括我在内。浙江省博物馆的范珮玲女士，对此有精彩的研究。据她统计，轿子周身密不透风的浮雕、圆雕、透雕，共有二十四只凤凰、三十八条龙、五十四只仙鹤、七十四只喜鹊、九十二头狮子、一百二十四颗石榴子……当然，还有很多吉祥图案、戏曲故事、历史典故的场面，例如麒麟送子、木兰从军、八仙过海等，恕不一一赘述。

　　我抄录这段文字，略嫌其麻烦，可当年的木雕、髹漆师傅可能不会这么认为。工匠卖的是手艺，赚的是工钱，关键是有人愿意出资打造光怪陆离的花轿。有幸坐上这顶轿子，出人头地，多有派头。

　　想当年，女子出嫁，一定以此为荣。这是一辈子的骄傲，等到老了，青春的脸庞不再，至少还有一件事值得回忆："我可是万工轿抬进门的，那场面，甭提多风光啦。"身旁的丫鬟，听得张大了嘴巴，然后，狠狠咽下口水。

　　话虽说得刻薄，其实我并不十分反对"炫耀"本身，人情之常，适度就好。当然，我确实不喜欢千工床或者万工轿，好比在网络上"晒"宝马车、LV 包的人，我除了一点点的嫉妒，也会无端怀疑他可能对别人的生活缺少同情，对自己的生活缺乏思考——后者尤其让人不喜欢。

城隍庙

自从尧舜禹死后，"夜不闭户"的时代，一去不返。这是我国历史上最令人痛心的事件。

各地的城市，都城、府城、县城，四周围起高墙，这是"城"。城外又围以护城河，这是"隍"。如此合称"城隍"，城里人总算有点安全感。

年代愈晚，距离尧舜禹时代愈远，人心愈发不古。铜墙铁壁不足以让城里人睡个安稳觉，于是，城内又建起城隍庙，供奉城市的守护神。

大概在两宋时期，城隍庙就很普遍了，城墙也更坚固，土城改为砖头城、石头城。二者互为表里，是"两手都要硬"的意思。

明太祖朱元璋，居安思危，以为还不够稳当，更颁布全国性的祭祀城隍的制度，县城以上的城市，一律建起城隍庙。新县官到任，必须先到城隍庙报到，每月朔望，亲率僚属登门致意。

最亲民的神是城隍，最亲民的官是县官。县官不时轮岗，是"流官"，而城隍是固定的。杭州的城隍名叫周新，登上神坛之前，可能是古杭州的某位城市英雄，而外地的城隍当然又是外地的英雄。从此，一县的治安、教化，阳间的部分，拜托流水的县令，阴间的部分，则拜托铁打的城隍。

县城隍与县官职责相等，所以，城隍庙的建筑规格，一般参照当地的衙门。我去过很多地方的城隍庙，就我所见，嵊州市城隍庙颇为壮观，号称"溪山第一楼"，更多的其实很简陋。我自信，过去县长的办公条件不过如此。

城隍庙的制度是明朝定型的。那我就只讲"明朝的那些事儿"。读过黄仁宇《万历十五年》的朋友知道，当时的社会不讲规则，却好讲道德。"道德治国"是社会乌烟瘴气的症结所在，这是黄仁宇的看法。

最近，我去了盐官城隍庙（盐官是海宁老县城），结果发现，城隍跟我们的"父母官"一样，保家卫国只是副业，道德教化才是主业。

盐官城隍庙，正殿供奉城隍，掌管世间善恶赏罚。东西两庑，雕塑无数，描绘成地狱的样子。

阎罗王、黑白无常、大鬼小鬼，面目狰狞。这边的奸夫被千刀万剐，那头的淫妇正被投入油锅，更多的人被锯成两半，或者躺在石臼中，胸口被小鬼的杵子捣了一个大窟窿，画面怎么触目惊心就怎么来。

苦难的人儿，究竟犯了什么大错？城隍庙门口，贴有一张"赏罚分明"的告示，道德戒条多如牛毛，很像当年的功过格。

功过格是给自己做的道德账本，分列日月，睡前记账，月底结账，功画个圈，过打个叉。比如，今天我写了篇有补世道人心的短文，记小功一次；昨天我与美女在QQ上闲聊了半天，记大过一次。年复一年，功过相抵，功大于过的人满心欢喜，期待善有善报。城隍庙内的受刑人，大概是些"道德银行"里资不抵债的人。

各地城隍庙，换汤不换药。盐官城隍庙的今日情形，正是当年各地的典型场景，只是"破四旧"的时候，被砸得稀巴烂，多数地方已见不到了。

我不喜欢城隍庙，像我这样偶尔做点好事偶尔又做点坏事的人，逛城隍庙，简直等于自投罗网。城隍庙唱着道德的高调，却又弥漫着暴戾、肃杀的气氛。今日网络上的一些人，以道德的名义对别人口诛笔伐，正是城隍庙的味道。人性是复杂的多面体，动辄将别人打入地狱，其实也就是跟自己的幸福过不去。

括苍古道

未有公路以前，一府一县之地，不过一两条大路。这就是驿道，也称官路。这条路，传递政令的骏马跑过，宦游远方的官员经过，进京赶考的学子走过，远足的商旅路过，敌人的铁蹄踏过，杜鹃花层层飘落过……

你不要看它车水马龙。其实，山区的驿道，跟今天的公路比起来，只是羊肠小道。

从处州府（丽水）出发，辗转金华，抵达省城杭州的道路，丽水当地称为"通省大道"。一路向北，更能抵达京城，故又称"通京大道"。

通京大道，在丽水县与缙云县间的一段，也称"括苍古道"。这条驿道，古已有之，盘旋于崇山峻岭之间，今天看来虽为崎岖逼仄的山路，在历史上却是往来两地之间唯一的大道。你能想象旧日的热闹，就像我在开篇所说的一样。

"长亭外，古道边，芳草碧连天"，走路的人多了，沿途就有了路亭、桥梁、客栈、驿站、递铺、关隘、村落、集镇……诗人又说了，"天涯何处无芳草"，对了，沿途又有参天的古木或者离离的芳草。

一定是热闹的缘故，沿途的人消息灵通。驿骑自京城出发，快马加鞭，星夜兼程，在驿站、路亭的白粉墙上，将朝廷的诏令、圣贤的教化，一路张贴过来，大道小道的消息，就在驿道沿线散播开了。沿途的白粉墙，也是羁旅诗人的舞台——题诗于壁，好文章也是这样传播的。

热闹有热闹的好。喂！远离驿道的偏远的乡下人，民国十几年了，你还用着宣统的年号。幽静又有幽静的好，"不知有汉，无论魏晋"的地方，不妨推荐给仰慕陶渊明的人。

自从民国年间丽水与缙云之间开通了汽车公路，括苍古道便渐渐衰落了，沿途的村庄，如今成了偏僻的山村。古道上，除了偶有山间劳作的人，更多是城里来的驴友，他们为逃离都市的喧嚣，在山间结伴而行。

"驴友"之名，大有古风。诗意与速度成反比，速度越慢诗意越浓，温温吞吞、晃晃悠悠的驴子正是古往今来最有诗意的交通工具。与驴子相仿，山道弯弯也适合酝酿诗意。

　　清代大诗人袁枚走过括苍古道，一路走来一路诗。清朝人写诗，跟我们随时掏出手机发微博、微信的道理差不多，沿途壮丽山川、淳朴人情、斑驳古迹，皆可入诗；坐在轿子上，看着轿夫汗流浃背，也能入诗；轿夫白天这么辛苦，晚上竟然赌博至深夜，诗人摇摇头，也是一首诗。总之，古道上优游的人，全身有诗。

　　我多次去过括苍古道。今天的古道保存得不算很好，因为"村村通公路"，很多路段被换成了水泥路。水泥这种东西，跟驴子不同，是诗意的天敌。凡游历过的名胜古迹，只要见有水泥乱涂乱抹，我便兴致全无。

　　古道上更有一条高速公路，清代浙江巡抚阮元题写的"括苍古道"摩崖石刻，整体叠压在公路桥的下方。大桥上，汽车风驰电掣；大桥下，但闻车声轰鸣。我猜想，以风雅自命的阮元，在山崖上欣然命笔，应该会选择在显眼的地方，至少是个优雅的所在。而今，全乱了套。

　　我觉得不好，然而乡民说："还是现在好，公路开到家门口，再也不用翻山越岭。"我无法反对——只有面对真实的纠结，才真正考验我们的价值观。

　　好在括苍古道还有多段保留着古朴的面貌。我走在路上，边走边唱，天色暗下来，四周虫声唧唧，仿佛附和着我欢快的歌声。

是啊，我们可不可以慢下脚步，为了看清路上的风景。否则，什么也没看清，什么也没发生，旅途才刚刚开始呢，转眼就结束了。

龙潭

大自然是个不仁的统治者，风调雨顺的年景，只是意外。一个地方，不是大涝，就是大旱，古人不解，只道是龙王脾气不好。

龙，是农村传统的信仰。我爷爷光绪二十九年（1903）生人，晚年好读《十万个为什么》，他就坚信龙的存在，说他目睹一条龙腾空而去，卷走一堆稻草。

其实，龙王是我们想象的神灵，跟我们一般庸俗，有好处眉开眼笑，感动了热泪盈眶。乡下到处有龙王庙，每逢旱涝，人们献出丰盛的礼物，奉上虔诚的敬仰，祈求龙王庇佑人间风调雨顺、五谷丰登。

"水不在深，有龙则灵"，人人以为佳句。这句话，也可以理解为，龙王通常居住在长年不涸的水底。

江南地区，总能找到一个山坳，里头恰好有一泓源泉不竭的池水，于是美其名曰"龙潭"。依此类推，四季不断的瀑布叫"龙湫"，久旱不涸的古井就叫"龙井"。

我家乡县城附近的龙潭，是风景秀丽的所在。儿时至此游玩，一汪寒水，配以"龙潭"美名，以为雅致极了。长大后，才知道这种地名相当滥俗，到处都有龙潭，而所谓龙潭，无外乎山坳中的一泓湖水。

曾几何时，吾乡的龙潭，不只是个好去处，更是求雨的好地方。据旧志书记载，岁旱于此祷雨，十分灵验，时有祥瑞显现，非但有"金龟之应"，龙潭之内甚至有碑文涌出。

种田人靠天吃饭，遇到旱灾，除了祈盼龙王开恩，别无他法。象山县鹤浦镇的白龙潭，有数十通碑刻，分别为道光、咸丰、同治、光绪及民国年间所立，碑文全是些"泽沛甘霖""泽沛苍生""有求必应"的词句。如今的温州市洞头区霓屿岛也有龙潭，岩壁上刻有不同时期的祈雨摩崖。大凡龙潭，十之七八，都曾经是求雨的所在。

遇上百年不遇的灾害，乡下人的面子不够大，只好拜托官府出面。求雨，是地方官的职责所在，上海《申报》有个旧新闻，民国某年，桐乡大旱，县官不肯出面求雨，愤怒的民众冲进县衙，将其群殴致死。这当然是个极端的例外，故而成为"新闻"。通常情况下，县官则斋戒沐浴，来到龙潭边，诵读的《祈雨文》，感人至深。

《祈雨文》有相对固定的格式：首先，描述旱灾给民众带来的深重苦难；然后，深刻检讨，说苍天的惩罚，完全是因为本人政事乖戾。精诚所至，天公果降甘霖，知县大人感念不已，在龙潭边，摩崖勒碑，以志纪念。或者再作一篇《谢雨文》，表示今后定当爱民如伤，绝不敢"揽取一钱一物以充私囊，冤枉一人一事以伤公道"。

有的《祈雨文》，认为龙王与地方官员的职责相当，高举"批评与自我批评"旗帜，先是自我批评，然后绵里藏针，质询龙王。这类文章有很多的反问句，常见的责问是：身为天神为何忍心漠视民生？

个别地方官员，简直就是恐吓。他发愿，只要龙王肯倾听黎民的呼声，他愿意纵身一跃，投身龙潭。书上说，历史上还真有这样的人，当然，这种故事通常发生在"很久很久以前"。从此，龙潭之滨有了一座纪念牺牲官员的庙宇，显然，这里的龙潭将成为当地祈雨最灵验的地方。

我家乡的龙潭，当年祈雨的乡亲早已散去，如今是个水库。山坳内的一潭湖水，适合拦坝筑堤，水库不大，但足以抵抗十天半个月的旱情。武义县白姆乡的龙潭村，如今也有水库，石壁上镌刻的"龙宫深处"四字，可能是明清题记，表明这里曾经也是古人祈雨的地方。

武义的龙潭水库规模稍大，于20世纪70年代建成。当年参与修建水库的民众间流行的劳动号子，其中有一句唱道："天上没有玉皇，地下没有龙王；我就是玉皇，我就是龙王。"

厕所

说厕所是不雅的，好在文字不长。

《史记·酷吏列传》载，西汉景帝宠姬陪侍上林苑，如厕之际，有野猪一头撞进来，可见汉代苑囿生态之好，也足证皇家园林中厕所的简陋。

汉晋时期，考究一点的住宅，厕所多与猪圈连属。厕所建在猪圈的上方或其前面，另起一屋，内设便坑，如此而已。今年，浙江省博物馆举办的名为"中国屋檐下"的展览，河南汉唐墓葬出土的建筑明器，摆了满满一厅。虽然是模型，但建筑的气派显而易见，大概是当时世族豪强庄园宅院的写真，所谓"豪宅"是也。纵然如此，万仞宫墙内的厕所，看上去依然简陋。

考古学家惯于将各种日常器用、坛坛罐罐、花花草草分门别类，按年代早晚，排成一队，看它们在不同时期发生了哪些变化。可是，很少有人愿意对厕所如此费心，嫌其不洁固然是原因之一，更重要的是，厕所在历朝历代变化不大，士农工商所用，也大体类同。果如是，器物排队就没有意义。

厕所从来就不是古人格外花心思的地方，试以两例说明之。

例一：1994年，我在四川万县某乡下发掘汉六朝墓葬，住在老乡家。厕所一如汉式，合猪圈与溷厕为一。每每出恭，必有嗷嗷待哺的猪猡相随，真乃古意盎然。

例二：听故宫博物院的朋友说，紫禁城里的"御厕"，也无太多机巧，只是用具考究些罢了，当然更不养猪。古代的乡下人，没见过皇上，却知道皇帝有钱，心想万岁爷的生活，无非也就是这样，在皇宫里每天用金扁担挑大粪。这样的想法虽然幼稚，在这里，倒也合适。

在抽水马桶、地下管道输入之前，我们的厕所文化始终未见革命，污秽之气终难禁绝。对多数人而言，祛臭的办法，大概只是勤于洒扫。豪奢之辈，用干枣塞鼻御秽，或焚香祛臭，或者干脆换件新衣裳，名曰"更衣"。如此麻烦，还不如开动脑筋，发明个抽水的，一了百了。

上述厕所，是小屋内的密闭空间。长期以来，江浙地区流行"露天粪缸"，不用查古书，想必古已有之。出恭者在大路旁，比邻相守，谈笑风生，北方人见了，以为江南一绝。长居乡下的考古队，由五湖四海的朋友组成，有缘相聚，谁不夸自己家乡好，每逢该场面，就是我英雄气短之时。窃以为，这是古往今来江南乡土文化中之最不堪者。

人类是万物之灵，所以归根结底，仍是动物。对不讲公德、不拘小节或者忍无可忍者而言，厕所并非必须，普天之下，所在皆是。扬之水先生有一篇考证厕所的文章，题目叫《杨柳岸晓风残月》。北宋词人柳永《雨霖铃》"今宵酒醒何处，杨柳岸晓风残月"，人皆以为佳句，但苏东坡认为，柳永笔下的景致只不过是个稍稍工整的"随地"场所。

赵老师（扬之水本名姓赵）博览群书，把粗话说得那么雅致。不像我，使尽浑身解数，仍然是个插科打诨的粗人。

廊桥

我从不认为乡土文化中的一切都值得赞美，比如儿时曾住过的闷热低矮的瓦屋。自从搬进宽敞明亮的新居，我不再留恋瓦屋内昏暗的油灯光。

我又认为，有些乡土文化永远值得赞美，比如廊桥。

廊桥，其实就是桥梁。古代桥梁，主要有平梁桥、拱桥两种，大江上偶尔还有以舟船排筏串联起的浮桥。在各地的旧方志中，"桥梁篇"是必备栏目，著录着当地稍有名的大小桥梁，其中有竹木桥、石桥，更多的是土木混搭的桥。

桥面上建亭覆屋，本是惯常的做法。寻常的平梁桥或者拱桥，上面盖起长长的廊屋，就是廊桥。

在美国电影《廊桥遗梦》风靡之前，人们很少留意浙南、闽北山区的大量明末以降的廊桥，它们很多远比美国的精彩。我们本民族的精彩，有赖洋人的慧眼识珠，这种情况，已有多年。

我到过许多"廊桥之乡"，犹如朋友们游历过若干号称"世界第九大奇迹"的景观。对我而言，营销式的语言并无意义，重要的是，泰顺、龙泉、庆元、景宁各地的廊桥，确实精彩。

在山间行路，面前的河川、沟壑就是横亘着的天堑，而桥梁适时地出现，从此天堑变通途；在山间行路，累了，真想歇息，而路亭又适时地出现，于是坐下，随性聊天。这是无处不在的人间温情，即便我们置身于一个野鸟也飞不到的山区乡下。

在一个过客看来，廊桥就是路亭与桥梁的结合。桥面上飞檐翘角的廊屋，正是赐予行人温暖和力量的路亭。廊桥承载的，可能比路亭更多，村口的廊桥，通常也是村民们纳凉、议事的所在。

在技术上，高明的廊桥是木拱的，尤其是跨度够大的木拱廊桥。原以为北宋张择端《清明上河图》中描绘的汴京虹桥，绝响已久，不想它却在遥远的浙南山区生根发芽。

木拱廊桥，像一道道彩虹，横跨在宽阔的河面，是对工匠技术、智慧的真正考验。我对旧时代的无名工匠心存敬意，他们不曾上过半天大学。

每次去龙泉，路过安仁镇，我总要下车到附近的永和桥上走走，那是座长达一百多米的平梁廊桥，廊屋内，乡民们或喝茶、或闲聊、或叫卖。我是个过客，穿行其间，不想走了，便斜倚美人靠，看桥外风光，清风徐来，心旷神怡。

平梁桥下，由桥墩支撑，桥的长度通常不是问题。人们既然能够建造小段城墙，就能够修筑万里长城，只要有强大的组织与财力。在穷乡僻壤，巨大工程如永和桥者，除却社会的凝聚力，我们更应该看到的是"信仰在空中飘扬"。相对于技术，人的信仰更加重要。

修桥铺路，是传统社会常见的公共事业和慈善事业，官民、士绅、僧道们出钱出力，献工献料，共襄善举。廊桥椽梁上的墨书，真实保留了善人们的义举与心愿。

有的人"伏祈官星高照"，他们是捐资建桥的地方官员。

有的人祈祷"国泰民安"，他们是超越了小我的优雅绅士。

有的人"伏愿禄位高升"，他们是建桥民众中的大多数。

有的人祈祷"螽斯繁衍"，他们是发愿子孙满堂的土财主。

有的人"祈求名扬四海，艺业精通，生意兴隆"，他们是亲自动手的石匠、木匠。

…………

热衷修桥的人群中，捧钵化缘的僧侣从来都是一支重要的力量，他们的心愿不曾用毛笔写在廊桥的椽梁上。真正的出家人，他们的心愿只留在内心，那就是多积功德、广种福田。

牌坊

在松阳县城看"明代詹宝兄弟进士牌坊"的时候，当地文物干部感叹，松阳县原来牌坊众多，如今倒的倒、拆的拆，只剩九座了。其实，这种保存状况并不算坏，很多地方，全无牌坊的影子。

临安市（今杭州市临安区）於潜镇有个村庄，名叫"牌坊边"。所谓牌坊，只存在老人的记忆里。据说，当地原有两座牌坊：一为翰林坊，立在村口的道路中央；一为节孝坊，立于村庄里头。老人说，功名是天下之公器，翰林坊适合建在热闹的地方；道德是个人的私事，节孝坊最好躲在相对隐蔽的角落里。

这种解释，也许只适用于於潜的村庄。既然弘扬美德，大可以宣示于公共空间；倘若刻意低调，只需在家里悬匾，又何必兴师动众建造牌坊呢。然而，正如老人所言，过去数目浩瀚的牌坊，大概可分以下几类：功名坊，旌表文治武功；节孝坊，表彰烈妇孝子；百岁坊，尊崇人瑞寿星。总之，大凡值得夸耀的东西，皆可树坊纪念之。

城市坊巷，田间地头，无处不在的牌坊，象征着无处不在的政府权力。一切值得标榜的名望和美德，都需要权力的认可才能成立。

当官的人，以功名利禄，最可夸耀。平民百姓，日常行谊，乏善可陈，又通常活不过百年，只好专在道德上做文章。这不奇怪，古人认为道德可宝，节孝坊自然特别多。倒不是说古人格外高尚，就像今天我们认为致富光荣，马路上的奔驰、宝马也就越来越多。

如今，牌坊日渐稀少，有天灾的因素，作为立面式的建筑，三开间的牌坊也就是一字排开的四条腿，马步扎得再好，也不及"三足鼎立"稳当，容易倒掉。除此，也有人祸的因素，牌坊宣扬旧道德、旧价值观，是标准"四旧"。这些年来，拆了很多。

我时常想，有的旧道德，譬如节孝，我们今天从内心否定就够了，不必处处跟古人较劲。何况牌坊的主人，多半为孝子烈女，他们是以当时的道德高标准行事处世的人。各地的旧县志中，列有成千上万的烈女名录。这些文字迂腐乏味，假如耐着性子读下去，做个统计，也许会发现其中更多的可能是些朴实无华、毕生奉献的女性。贤妻良母好儿媳，常见于戏文，在真实历史中也不少见。我们不能认为，节孝坊的主人都是古怪的道德尖子。

旧时代的牌坊主人，一般来自乡绅大户人家，因为他们的道德，更容易被官府"采风"，并经由县、府、省，按照程序递交至朝廷，并获得皇帝的钦定，也因为他们有财力建造美轮美奂的牌坊。我在缙云县双港桥见过崖壁上的线刻牌坊，是清咸丰十一年（1861）的贞节牌坊。大概因为主人有限的财力不足以建造真实的牌坊，又不愿放弃经官府旌表、认可的荣誉，于是，找一块山崖，略作平整，用凿子刻了一幅具体而微的牌坊。考察文物时，大家都在笑话这户人家，包括我在内。现在想来，追求尊严与荣誉，不分贫富贵贱，一点也不可笑。

龙游县模环乡清塘村的"余氏节孝坊"，建造于清嘉庆十四年（1809），如今垂垂老矣，但仍不失气派。近年，牌坊得到了妥善维护，四周更特意围起铁栅栏。看碑记，知是余氏在海外的后人，返乡出资重修的。为人子孙，珍惜祖先用生命赢得的荣誉，真是赤子情怀。尽管在余氏的故乡，地主婆的妇德懿范，早已沦为笑料。

假如对历史多点体恤之心，就不会处处跟古人抬杠，

更不会拿古物撒气。今天，我们总算明白了一点道理，可
惜牌坊倒的倒、拆的拆，已所剩无多。

长安坝

自杭州城东流出的上塘河，经余杭临平、海宁长安，
至桐乡市崇福镇一线的河道，是江南运河的重要航道。其
中，长安镇为水陆要冲。

长安，成为水运枢纽，有其具体的地势、水文条件的
原因。海宁靠近钱塘江一侧地势较高，杭州与长安之间的
上塘河（上河）河床，高于长安与崇福之间的下河。上、下
河之间，水位高下悬殊，常年落差在2米左右。

长安镇正好处在上、下河之间，必须筑起堰坝，也就
是"长安坝"，用以关防上河之水。否则，以杭州西湖为源
头的上塘河水，会稀里哗啦，在一夜之间，流得精光。

长安坝，远早于北宋即已存在。河道上拦起的堰坝，
成为往来船只的交通障碍，从此舟楫辐辏，百货聚集，长
安成为著名的商业巨镇。北宋《元丰九域志》就有"长安一
镇"的说法，直到近代，长安都是浙北重要的米市。

堰坝，是拦在上、下河之间的一道长长的斜坡泥坝。自下河而来的船只，守候在坝下，等待过坝。绑在船头的绳索，分作两股，系在堰坝两侧的辘轳上。然后，众人转动辘轳，牵引船只，沿斜坡而上，翻越坝顶，来到上河。

北宋熙宁六年（1073），日本僧人成寻来华求法，参访五台山归来，沿大运河，从开封返回宁波，路过长安时，在日记《参天台五台山记》中是这样描述的："左右辘轳，牛合十四头，曳越长安堰了。"也就是左右各七头牛，转动辘轳，拖船过坝。

因为河道变迁，长安坝曾经多次改变位置。成寻翻越的宋代泥坝，已经淤塞成陆，大概在今长安镇东后街上。元代新建的长安坝，也就是清代所谓"老坝"，沿用至当代，直到1984年改为机械升船坝，才告废弃。

2012年为配合大运河申报"世界文化遗产"，我在长安住过半年，任务就是发掘长安老坝遗址。老坝的废弃距今不过三十来年，即已毁坏殆尽，仅以基存。

往日情景不可复见，但故事依然在镇上流传。宋代长安坝是畜力拖船坝，明清以来改为人力坝，由坝夫转动辘轳，拖船过坝。人力拖坝，有畜力所不及的两大好处：一是可以提供足够多的就业机会，二是能把拖坝技术发展为一门艺术。拖着船只沿斜坡移动，船头高高翘起，又要确保舱内货物不溢出来，绝对是一门高超的技术。若是运粮船，可以先将货物卸下，待过坝后，重新装船，倒不是难事。不可思议的是粪船，从城里载来满满一舱粪便，汤汤水水的，船头翘起，又不至于溢出来，那就是艺术了——据说当年的坝夫真有这等本事。

拖坝之所以成为一门艺术，除了技艺层面的升华，还表现在其他方面。浙东运河也有类似的堰坝（杭州至宁波段运河称"浙东运河"，杭州至镇江段称"江南运河"），比如在上虞蒿坝等地，坝夫被称为"吃坝头饭的"。过往船只，翻越堰坝，需要留下一笔过路费，坝夫趁机敲诈勒索的事，时有发生，经常引发纠纷。

长安坝上，有一通清光绪八年（1882）的《新、老两坝示禁勒索碑》。在碑文中，海宁官府明确规定过往船只的收费标准，"大船一只给钱六十四文，中船四十八文，小船三十二文"，除此不准额外需索。过坝船只，随到随拔，严禁刁难拖延，更不能故意将别人的船搁置在坝顶，一哄而散。我家住在杭州大运河边的德胜路，过去附近有个德胜坝，坝夫敲诈路人，伎俩类似，被恶意搁浅于坝顶的船只，暴露于烈日之下，会迅速解体。船主求告无门，只能任由别人敲诈，该磕头的磕头，该加钱的加钱。当然，官船不在碑文规定之列，必须优先过坝，工钱也不由坝夫说了算，而是听候官家"随赏"。

这种古碑，跟今天的某些新闻一样，都应该辩证阅读，万万不可认为立碑以后，从此人心复古。清代地方文人杨铸，在长安坝头，曾作过一首《过坝谣》："上坝挽长绳，下坝收短绠。高低三尺水，长养百夫命。客船上坝横索钱，官船下坝不敢言。官船摇橹西泠去，大笑客船如上天。"洵为实录。

如果将大运河比作今天的高速公路，那么，重重的堰坝就是公路上的一道道收费站。运河人家，生财有道，希望堰坝越多越好，而对过往商船而言，每个"收费站"都是一场噩梦。据南宋宝祐四年（1256）刊行的《澉水志》卷三"水门"记载，海盐县澉浦镇西六里原有一道"六里堰"，是进出澉浦的门户。后来，在镇西三里的地方，又拦起一道"三里堰"，据说这是居民私自设立、"邀求过往"的堰坝。从水利管理的角度看，有"六里堰"足矣，"三里堰"纯为收费而设，官船商旅往来不便。于是，淳祐十年（1250）官府掘毁了三里堰，《澉水志》的作者同时提醒有司应该及时整顿河道，杜绝私设堰坝乱收费的现象。这条材料与长安无关，但很有价值，溆浦与长安，地缘接近，环境类同。《溆水志》是我国现存年代最早的乡镇志，过去我读不懂这条材料，自从在长安坝上做过考古调查，终于知道它在说什么。

长安坝附近，有座王相公堂，据发掘，是晚清时期三开间的庙宇。里头曾经供奉一个被称作"王相公"的人，实为长安坝的保护神。

除了王相公，另外还供奉龙王。询诸乡老，过去每逢大旱，人们就把龙王拉出来游行，拖到太阳底下暴晒，让龙王尝尝久旱无雨的滋味，体验一下民间疾苦。我在长安工作期间，正值高温酷暑，也很想把龙王拖出来揍一顿。可惜，王相公堂已在1989年拆除，里头的神祇早已无存。

至于王相公，传说本来是长安镇上的王姓坝夫。清康熙年间以来，长安的拖坝权，由当地曹、王、沈、许四姓垄断，子承父业，世代传承，外姓不得染指，直到1949年，坝上也很少外姓工人。如前述，坝权乃一地利源所系，有一天，一群外地人来到长安争夺坝权。双方争执不下，一场恶斗，在所难免。

争论双方搬出一口鼎沸的油锅，将一枚铁秤砣扔进油锅里头，彼此约定，谁敢从油锅中捞出秤砣，谁得坝权。

一言既出，众皆畏难。唯有王相公，大义凛然，挺身而出，投身油锅，捞出秤砣，牺牲生命，换来坝权永留长安。后人感念王相公的恩德，立庙祀之，他也就当仁不让地成为长安坝的保护神。

文峰塔

古代的学宫、书院，通常在有山有水、环境优美的地方。人们说，此地读书种子云集、人物辈出，就是因为风水好，你看这地理，你看那形势，该开阔时就开阔，该环抱时就环抱，毫不含糊。

反之，某地长期出不了像样的读书人，准确地说，是当官的人。人们又会说，大概是这里风水不好，藏不住风，留不住水，必须改造。于是，堪舆家便在村头选择一处山岗或者水口，建造文峰塔。

文峰塔多为砖石结构，远远望去，像是佛塔，其实呢，与寺院毫无关系，只是"补山水之形胜，助文风之盛兴"的风水塔。据说，文峰塔落成后，一地之风水，将就此改观，从此文风大盛，才人辈出。

家乡的状元进士、举人老爷，再多也不嫌多。家乡的风水，再好也不以为完美。于是，明清时期文峰塔遍布各地。

我沿上（虞）三（门）高速公路返乡，汽车呼啸而过，一抬头，远处有两塔对峙，便知道嵊州市到了；接着，又是一座塔，是新昌县城；然后，一路无风景，忽然远方又有塔耸立，那是到天台县城了……

类似的旅行经验，我还有。我到龙泉、江山去，旅途劳顿，一直等到看见远处各有一座古塔，才松一口气，因为目的地到了。喜悦的心情，好比儿时在黑白电影中见到延安宝塔山——那是中国最著名的文峰塔。

老人言，旅人只要看到塔，不出五里就到县城，正是这个意思。现今县城附近的文峰塔，多数是明末清初的遗物。风水塔的建造，所费不赀，通常由官府乡绅倡导，民间广泛参与方可完工。而有钱有势的通常是城里人，所以府城、县城附近的文峰塔，数量多，规模也宏伟。

龙游县的横山塔、浮杯塔、曹垅塔、沐尘塔等，都是县城以外的乡下的塔。浮杯塔、曹垅塔，有《造塔记文》收录在余绍宋的民国《龙游县志》里。塔是明末的，建塔缘由是当地乡绅认为家乡文风不盛，希望借此改善风水。其他的文峰塔，文献不足征，没有关系，可以猜得到，不外乎冀望家乡风生水起。

说来也怪，这不过是天时地利的迷信，可是，古塔总能坐落在最恰当的地方，与周边的环境搭配起来，怎么看怎么和谐。今天的文峰塔，都是当地观瞻之所系。

当年，文峰塔无处不在，而保存至今的实在不多。雷峰塔怎么倒的？天灾人祸呗！是的，消失了的文峰塔，也是一样。

2003年，我在嵊州市考察那座离城区稍远的文峰塔。翻山越岭，来到塔下，只见附近有座砖瓦厂，长年在此取土。古人建塔，致力于完善当地风水，而我们不舍昼夜，致力于斩断家乡龙脉。

丽水城外的厦河塔，也是明末的文峰塔。塔内原有盘旋而上的木构楼梯，可以登临远眺。多年前为借宿于此的乞丐卸下，充了取暖的燃料。近年来，当地投入巨资，将其修葺一新，韵致不减当年。

有的朋友说，现在很多地方需要花钱，何必耗费在老旧腐朽的古塔身上呢？

那么，我讲个故事。

厦河塔，位于瓯江之滨。从丽水沿江坐船去温州，必

经塔下。有位老人，少小离家，长居海外。他是坐船离开
的，故乡在他的记忆中，就是一座渐行渐远、影影绰绰的
古塔，多少年来，一直如此。四十年后，他踏上返乡路，
自温州坐车上来，沿途万物皆非。莫非这一程又将去向另
一个陌生的地方？他正这样想着，车子已抵达厦河塔下。

　　还是记忆中历经风霜的古塔。哦，我回家了。

骑马

考古学家说，马，很早就被人类驯化了。

我们的上古祖先，懂得马的许多好处，但是不懂骑马。马，通常只用来拉车。踩过三轮车的人知道，想来比自行车稳当的东西，却最是晃晃悠悠，好在古人武艺高强，《左传》中骁勇的战士从这辆战车跳上另一辆战车，如履平地。

战国时期，赵武灵王与北方匈奴交战，屡吃败仗，看到胡人骑着马儿过山岗，煞是灵巧，恍然大悟，原来我们用心良苦制造的马车，在战场中反而是累赘，从此改学"胡服骑射"。未几，诸侯列强纷起效仿，战士们就学会骑马了。

驾驭烈马，需要马具。就今日所见，骑马所需的缰绳、马鞍、马镫之类，必不可少。

缰绳、鞍具的出现，年代较早，马镫的发明则要晚很多，陕西临潼秦俑博物馆中的兵马俑，战马的腹部，空空荡荡。跨上没有马镫的骏马，双脚落不到实处，骑乘难度很大，秦始皇麾下的骑兵想必身手不凡。我参观兵马俑博物馆，对土坑里的泥人战士充满敬意。

据汉代壁画中的形象，马背上的骑士，垂足而坐，脚尖绷直，双腿紧紧夹着马腹。这是因为没有马镫的辅助，骑士跨在马背上，为避免摔下来，必须很费劲，作出一副"发力过猛"的样子。

1949年以来，考古发掘中所见的马镫实物，已有不少。大体说来，西晋时期肯定已经发明了马镫。此时，距离赵武灵王"胡服骑射"已过去了六百多年，也就是说，长期以来，骑士们的工作很费劲。

最初出现的马镫，只是单镫，仅在马腹的一侧设有马镫，用来助人上马。骑士一旦跨上骏马，马镫随即废置。对某些人而言，上马是件辛苦的事，电视剧里的贵人就常让奴才跪下，然后踩着他的肩膀上马。这里的单镫，就好比奴才的肩膀，一旦主子上位，奴才是可有可无的。

诗人说，冬天到了，春天还会远吗？单镫到了，双镫还会远吗？单镫出现后不久，双镫果然就发明出来了。

这是个有趣的掌故。我们想象中的古代历史通常会因此生动很多——原来汉武帝时期出使西域的张骞，披星戴月过大漠，胯下竟是光溜溜的马，一路颠沛流离。这段旅程将比我原先想象中的更加艰难。

马镫的好处，是让骑士在马背上保持平衡，这于战争尤其必要，挥剑刺枪的将士从此将不那么容易从马背上摔下。据说，亚述人入侵欧洲的成功，就是因为亚述骑兵更早使用马镫。

在人类众多的发明创造中，马镫不算复杂。英国科普读物《发明的故事》说："如果有人坐在马背上专心致志地考虑平稳问题，他可能在一个星期之内就会想到制造马镫。事实上，骑士们都以驾马的技术自负，不屑于接受人工的帮助。马镫可能使拙劣的骑士跟优秀的骑士相差无几。因此，对这个问题应该最有兴趣的人，反而没有兴趣。"高傲的骑士，让整个欧洲付出了代价。

这是个有趣的说法，好比我们读书作文，文字总该平实通俗点好。然而，古代的读书人偏不用俚俗的白话，清朝的书面语，依然沿袭先秦人佶屈聱牙的口语。假如一切平白如话，人人能懂，又怎能体现文人的水准、学问的高深呢？

如今，大家公认汉族人是马镫的发明者，而非想当然的草原民族。这是说得通的，马背上的民族以骑术自矜，不屑于借助外力；中原的种田人不谙骑术，反而更加关心马背上的平衡问题。因为我们有更迫切的需求，所以更早发明马镫。

　　骑马之术，至此大备，千百年来，再无更大改进。果如是，我的文章也就写不下去了。如果一定要有个像样的结尾，那就是，骑马的故事，说明我们的民族本就是个善于学习、勇于创造的民族。

车轮

　　据说，在哥伦布发现新大陆之前，印第安人在独立发展的历史中，始终未能发明车轮。有人说，这是因为美洲大陆，山路崎岖，丛林密布，车子派不上用场；也有人说，那是因为他们缺乏牵引的家畜，车子无法物尽其用，终于无法被制造出来。既然无车，也就无所谓车轮。

　　不过，更多的人认为，真实的原因，可能比上述推测都要简单。印第安人认为步行、水运、背扛肩挑的方式，已然足够有效，交通方式的改进，既无可能，也无必要。既然社会无此需求，车子和车轮，也就根本无从诞生。

　　现代人观看良渚玉琮，通常会感叹良渚玉器的鬼斧神工，尤其是玉琮上的"神徽"，其雕刻之细致，纹饰之繁复，工艺之精湛。在金属工具诞生之前，史前先民竟有如此的表现，可谓神乎其技矣。

　　其实，无数的考古发现证明，以人类潜能之大，只需具备强大的信念、足够的韧劲、长久的训练、专业的分工，又不违背自然法则，在建筑、技艺、器用方面，人类几乎是无所不能的。我们只要参观埃及金字塔、罗马竞技场，观赏杂技演员平稳行走于钢丝之上，就能感悟一二。良渚先民可能认为，玉琮的"神徽"图案极其重要，关乎他们共同的信仰、族群的认同和团结，甚至决定族群的存亡，在玉器上细致表现神徽的统一形象，有其压倒一切的重要性和必要性。于是，全社会最充足的财力、最聪慧的头脑、最专业的工艺，均会倾注于此，从而造就如今匪夷所思的良渚玉器。而反观良渚文化同时期的石锛、石斧、石矛，则未必十分先进，至少与更早期的崧泽文化石器相比，进步并不明显。也许良渚人认为，诸如伐木、松土之类劳作使用的石器，只要稍加打磨即可，并无精细打磨之必要。一种能够创造辉煌玉器的文明，当然有能力将石器琢磨得更加锋利一点，然而，他们并没有这么做。

　　类似的例子，可以举很多。我们的话题，回到车轮上。

　　早在商代或更早，我国已能制造战车和运输车了。当然，西亚、北非地区车子的起源，比我国早很多。有学者认为，中国的车子和车轮都是西来的，"文化传播论者"的言论，自然有其合理性，但也不是无懈可击，野外滚动的鹅卵石，织机上飞转的纺轮，无时无刻不给人以创造的灵感。假如先民有改善交通的迫切意愿，也有可能独立发明车轮，而无须外求。所以，也有学者认为中国的车轮，是独立起源的——我对这些问题，没有专门研究，只能说在逻辑上有此可能。当然，逻辑自洽，绝不等于事实本身。

比如车轮之类，并不依赖特殊的材质、复杂的技术，独立起源的可能性总是存在的。这不是片面夸大社会需求的重要性，《封神演义》中固然有顺风耳、千里眼，但在一种封闭的文化中，却不可能独立发明电话机或电视机。但问题是，车轮与复杂的电视机、电话机毕竟不同，它的出现无须长期的知识和材料技术的积累，就像陶器、墨水、筷子、独木舟一般，完全有可能因为某个大才人物的灵光乍现而诞生。

对载人的车子而言，舒适与速度，永远是刚性的需求。长期以来，人们拥有的材料、技术不足以发明气胎车轮。追求舒适，只好在道路的平整度上下功夫。据说，宋室南渡后，南方城市的路面，颠簸湿滑，坐车不舒服，达官贵人纷纷改乘轿子。在展示舒适性与威严性等方面，人力轿子显然较牛车、马车更佳，只是科技含量，仿佛一夜回到了商代以前。

　　就是这个道理。在绝大多数的文化里，人们无能力也无欲望改善车轮的避震功能，从汉代到清朝，车轮从没有本质的改变。在有些国度，充气轮胎注定不可能出现。

　　至于速度，最快的车子也跑不过轻装上阵的骏马，人们对车速最大胆的想象，大概就是所谓"天马行空"，往具体说，约略可与关羽胯下"日行千里，夜行八百"的赤兔马相当。

　　想象力比知识重要。迷信至少有三个车轮才能撑起一辆车子的人，不可能发明自行车。有一个愚蠢的问题：自行车的前轮与后轮，孰更重要？答案当然是两个都重要。然而，这样的回答依然缺乏想象力，杂技演员就能轻松驾驭独轮车，进退自如。

　　车轮的故事，坐实了一句话——"思想有多远，就能走多远。"这太像诗人的口气，翻译成老百姓的口语，那就是：只有想得到，才能办得到。

胡子史略

  我以为成熟、正常的男子，自然状态下，都会有胡子，所以见到历史课本里下巴光光的北京猿人复原像，就很有看法。以我一贯"形而下"的观察事物的方法，既然众多石器遗址中从未出土过修剪胡子的工具，我们就只能认为，在漫长的洪荒岁月，男子应该是留胡子的。

  但在五千年的文明历史里头，情况会复杂很多。早年语言学家王力先生谈古人的胡子问题，援引古乐府《陌上桑》"行者见罗敷，下担捋髭须"句，推断汉代每一个挑担走路的男子都留胡须，而且胡子长得好是美男子的标准之一，故《汉书》称汉高祖"美须髯"。

  沈从文先生觉得这种说法过于笼统，旁征博引，举了许多例子反驳王先生。他说，商周墓葬出土的有些贵族、奴隶塑像，不管是治人者还是治于人者，既有嘴上无毛的，也有一脸胡子的。至于更晚的魏晋时代，潘安上街，妇女掷果满车；左思入市，群妪大掷石头——那时好像小白脸更占便宜，大胡子倒颇不受欢迎。

我相信，古代男子多数留胡须，而且以一部好胡须为美，偶有的例外不足以动摇整体的立论。我赞同王力先生的观点，既出于个人的信念，也因为儿时崇拜的三国人物、水浒英雄都有胡须。

古人的胡子是留定了，但还有一个大问题。

假如任凭胡子胡乱地长，受地球引力影响，胡子就会自然而然地下拖，毕竟多数人没有张飞、李逵那般肥沃的下巴，足够让胡子猖狂到剑拔弩张。所以，看到胡子两端微微上翘——戏曲《七品芝麻官》中"牛得草样式"的——就能判断这样的胡子必定经过人工修饰而非"原生态"的。我的意思是，古代胡子大体有两种基本样式：上翘式与下拖式。

汉武帝时期的武梁祠画像石，北魏至唐代的佛教造像中的信士，胡子的样式都是上翘的，元、明以后胡子才渐渐向地面拖了下来。鲁迅先生认为下拖式胡子是蒙古人征服中原后带来的，可见，上翘式胡子是我华夏之正宗国粹，下拖式胡子是尔"蛮夷"的化外奇俗。

但是，后来的人们并不这么认为，清末民初的国粹家反而以为中国人的胡子天经地义就应该是下拖的。有人看到宋太祖的肖像胡子向上翘起，就毅然决然地说，这都是日本人假造的，你看这胡子就是日本式的胡子。当然，也有人认为这是德国式的，因为威廉皇帝的胡子也直指眼梢。

于是，中国男子失去了留胡子的自由。倘不小心留了上翘的胡子，就免不了被人说假洋鬼子；倘让胡子自然而然地垂下来，又不免被人讥为老派守旧。胡子自由的丧失，是鲁迅先生平生一大愤懑。为避免国粹家的闲话，改革家的反感，先生索性将胡子修得既不上翘，也不下拖，作成隶书的"一"字，从此天下无事，所麻烦者，必须时常修剪而已。

我以为，这是中国胡子史上最具气派、最具独立精神的胡子。

鉴宝记

　　文物考古工作者眼中的"文物"，是古人留存至今的遗迹和遗物的总和，可以借此认识古人的生产、生活、趣味、思想等不同的侧面。

　　在文物工作者群体中，田野考古工作者和博物馆从业人员，对文物的价值判断，各有侧重。考古人认为，古墓葬的形式、结构、营造工艺及其自然环境，重要性绝不在随葬品之下；城市遗址的平面布局、规划意匠，更比城址内出土的坛坛罐罐重要很多。这种考古人的价值观，或许是考古人的偏见，我称之为"遗迹大于遗物"。而博物馆从业人员，显然更需要墓葬和遗址内出土的精美器物，以充实馆藏——遗址无法搬进博物馆，不能作为展品。

　　同样的遗物，考古人与博物馆人的看法，也不尽相同。博物馆人，看重精美、珍贵、有代表性的文物，最好是"一级文物""二级文物"乃至"国宝级"的文物，光鲜亮丽地供奉在展柜里，接受民众的礼赞。遗址中大量出土的器物、墓砖、陶瓷残片，博物馆就未必乐意全盘接收，接收了也未必派得上用场。而考古人不像博物馆人那么"势利""以貌取人"，史前遗址的年代序列，主要依靠海量的陶器分期建立起来，而不是那些享受明星待遇的"国宝级"文物。十多年前，我在慈溪上林湖发掘越窑遗址，唐宋越窑青瓷的编年、烧造工艺的演进轨迹，同样依靠海量瓷片建立，而不是博物馆里那些品相完好的器物。我也不认为完整瓷器比残片更有学术价值，至少残片可以观察瓷器的胎釉、成型等诸多特征，以获取更多的历史信息。考古人的价值观——或许只是偏见——我称之为"一般大于特殊"。大数据的、普遍流行的民间技艺，对历史研究有重要价值。艺术史家更关心王羲之、赵孟頫等大家，当然，天才人物聚焦着时代最高的成就。考古学家可能会更加关心墓室壁画、墓志书法所体现的民间艺术传统，这是大艺术家赖以成长的土壤，同样有价值。

其实，说这么多话，别人未必乐意听。我所谓"文物"，也就是古人的遗迹或遗物，在很多人看来，但凡入其法眼者，无不是"宝"，宝贝的"宝"。

"宝"之称谓，本没有错。广义地说，珍贵、值钱的东西都是"宝"。故宫、长城、秦始皇陵是我国最可宝贵的历史文化遗产，洵为"国之重宝"。残破的遗址或古籍文书，对认识历史有重要的学术价值，视其为"宝"，也未尝不可，尽管任何个人都不能拿故宫、长城做买卖换钱。狭义的"宝"，只是那些有市场、有行情、可卖钱的文物，多数是具有艺术鉴赏价值的"古董"，仅指可移动文物而言，那些不可移动的遗迹，则不在其列。

文物，首先要鉴定。鉴定是研究的基础，包括断代、定性、辨伪：断代，判断文物年代；定性，判断文物性质；辨伪，分辨文物真假。文物既然称为"宝"，文物鉴定也就有更加形象的称呼——"鉴宝"。狭义的"宝"是用来买卖的，所以"鉴宝"又比惯常的文物鉴定多出一个环节，一个更重要的环节——估价，在古董市场上能换几斗米、值多少钱？

考古人发掘古墓葬、古遗址，与海量出土文物打交道，实践经验不可谓不丰富。然而，地下出土的文物，只有认识问题，不存在真伪问题；考古人的鉴定，只围绕断代与定性，不涉及辨伪和估价。何况考古人向有"厚古薄今"的传统，古不考夏商周三代以下，无缘接触更大量的唐宋明清民国文物。而明清以来的传世文物，恰为古董市场之主流商品。所以，考古人"鉴宝"，局限性尤其大。

理论上，资深博物馆专家，比考古人更有"鉴宝"的实战经验。博物馆能够接触到不同时期的精美器物和艺术品，向民间征集、收购文物，必然涉及辨伪、估价等具体工作。然而，博物馆人毕竟不是市场中的弄潮儿，市场风云变幻，你让我评估这件文物的真伪与价格，那你能告诉我明年杭州的天气吗？博物馆人或许比考古人更有经验，但不足之处，依然多多。

现在，我到处听到民间"鉴宝大师"的吐槽，说大学、博物馆、考古所里的专家，越是学院派的，越是只会纸上谈兵、夸夸其谈，恐怕也不全属空穴来风。至少我就是这样的，关于古董行情，全无实际经验。但他们若指责我夸夸其谈，我又是坚决不能同意的，因为我从无意愿涉足"大师们"所津津乐道的江湖，对古董的辨伪也缺乏兴趣。我的考古发掘，挖不到假古董；我的学术研究，根本无须了解近年来日新月异的古董作伪术。

但话又说回来，在"鉴宝"事业的广阔天地里，我又是很敬佩大师的，在电视里看到他们见多识广、踌躇满志，每每自叹不如。我尤其敬佩他们在"为民鉴宝"活动中的表现，面对不知来源、光怪陆离、防不胜防的藏品，只要瞄一眼，双手一掂量，就能讲得头头是道，没有庞杂的实践和广泛的阅历，断无可能。

前几年，我参加过一次鉴宝活动。那天是个文化遗产日，为表达人们对中国文化遗产的热爱之情，台州某地特意举办了一场"为民鉴宝"的活动。

我忝列为浙江省文物鉴定委员会委员，那是因为我在唐宋墓葬、青瓷考古领域有长期的第一线工作经验。这个时代最大的误会，就是人们认为考古工作者等同于"古董家"，不是这样的，理由具前，兹不赘述。

我对明清书画、各种杂项古怪，毫无鉴别能力，因为我的考古工作中碰不到这些。然而，怕什么就来什么，偏偏这些东西就是那地方民间收藏之大宗。

台州是我的家乡，朋友给我戴上几顶敬业、爱乡的高帽，夸我几句，我头脑一热，就去了。抵达鉴宝现场，面对人潮人海，我马上就后悔了。

作为"鉴宝专家"，我高坐台上，头顶悬挂着"为民鉴宝"的大红条幅。各路奇珍异宝，变换着花样，不断袭来，令人眼花缭乱。众目睽睽之下，我总不好意思老实承认自己不学无术，这个不懂，那个不懂，未免也太不像话了——你是专家呀，对吧？于是，只好强打起精神，在台上装出阅历无数的老成模样，尽量保持沉默，貌似从容、深沉，其实如坐针毡，恨无地洞可钻。两个小时下来，情绪几乎到了崩溃的边缘。强作镇定、假装深沉带来的心理负担，至今想来，心有余悸。

从此，我再也不参加任何"为民鉴宝"的公开活动，以后大概也不会。以我的业务能力与心理抗压能力，根本对付不了这种复杂局面。

考古人的独白（代后记）

一

我是一名考古工作者。朋友说，这行当，不就是挖古墓、跟死人打交道吗？

他的意见我从不反驳。考古工作最大的好处，就是经常有机会接触或发掘古人的坟墓。荒冢一堆，斯人已矣，此情此景，会敦促人思考一些问题。

坟墓及其象征的死亡，是人们忌讳的话题。这不奇怪，人性使然。古今中外，人类文化的各种禁忌与信仰活动，归根结底，几乎无不与死亡相关。挑个常见的说，譬如有人死了，而这"死"字偏又难以启齿，只好婉转说成"他走了"。至于宗教信仰，大概都始于对死亡的焦虑，最终又归结于对死亡出路的思考。

我编过一本书，《浙江宋墓》，编辑想把坟墓的照片印在封面上。我说："拉倒吧，尽管这种书没人愿意读，我们也不必拿这吓唬人吧。"最后，封面换成一朵水墨的兰花。这不代表心虚，我只是不想唐突了别人。

二

忌讳，是因为恐惧。没人喜欢死亡的话题，我也不例外。从小提始，我就知道自己将来要死的，无论如何努力终究会死。随时存在的死亡威胁，必然催生对人生意义的怀疑。对孩子来说，这实在是难以承受之重，最简单的办法就是逃避，寻找种种根本无法兑现的慰藉、允诺。

我害怕棺木、坟墓、妖魔鬼怪、太平间、火葬场……凡是与死亡有牵连的事物或意象，能躲则躲。记得那年高考结束，我被厦门大学的考古专业录取。天哪！不就是挖古墓吗？我吓坏了，躲进房间哭了一场。

后来，大学考古实习时，我在长江三峡挖过几座古墓，感觉并不像过去想象中的可怕。再说，考古工作者人员众多，很多人挖墓，有庞大的"敢死队"作后援，我不怕。

我经常有这种想法，这说明内心的恐惧始终存在。

1997年，我决定改行，专做浙江瓷窑址考古。表面的说辞是，越窑、龙泉窑青瓷天下闻名，广阔天地，大有可为。而内心的想法是：挖瓷器吧，少碰点坟墓——如果我一直从事陶瓷考古，不知道现在会不会身着唐装坐在中式装潢的场馆讲述国学或者茶文化。

逃避不能解决问题，反而给人带来更大的焦虑。铺天盖地的恐惧与焦虑，几乎将人淹没。那段日子不堪回首，我唯有埋首故纸堆，才能从焦虑之网中挣脱。而当我放下书本，莫名的恐惧与虚无感，又如影随形，令我无所遁逃。

三

大概读过的古书最终发生了作用，我告诉自己应该勇敢一点——我经历的事情有什么稀奇的吗？世界上所有的苦难，古人难道不曾经历过？大大小小的书本，翻来覆去，颠三倒四，还不就这么点内容？

怕什么就来什么吧。我决定不挖窑址，索性专门发掘古墓。

我发现古墓实在是认识古代历史的一面镜子，古人的丧葬制度，背后通常隐藏着重大的玄机。忌讳的人真是可惜，他错过了认识历史、体验人性的绝佳素材。这世界上不会有逃避死亡思考的哲学家、文学家，我想，考古学家也不必例外，死亡才是终极的问题。在触及终极之前，励志故事、娱乐小品，都只是半拉子的话题。

我用了五六年的时间，专门调查、发掘浙江的宋墓——各色人等、三教九流的坟墓，自由徜徉于人生的存在与死亡之间，尽情体验生活的充实与虚无。

当我真实面对以后，奇迹终于发生。我当然不可能达到置生死于度外的境界，悲伤总是难免的，但至少我承认，死亡是人生必然的归宿，这是无法更改的自然规律，是造物主不可撤销的旨令，唯有坦然面对之。

然而，死亡恐惧与人类历史如影随形。大浪淘尽，一代人又换一代人，不同的时代面对的仍是同样的难题。

我们在害怕什么？在生物学上，人的生命与猫猫狗狗、花花草草并无不同。我们为何不害怕小猫小狗的死亡，却单害怕自己的死亡？其实，我们并不害怕死亡本身，而是害怕自己的生命像路边的野草一样，毫无意义。

四

随宿命而来的空虚感、幻灭感，是必然的。我有位历史学家朋友说得好："历史有什么震撼人心呢？一代天骄、风流人物，最后还不是都死了。谁会真正在乎他们？我们不过是借古人的酒杯，浇自己的块垒。"

是的，我们不害怕死亡，而是害怕人生的虚无。我们更不害怕死亡本身，而是不确定死亡会把自己带往何方。

据我读书所知，面对宿命的叩问，自古以来，大概有四种解决办法：一、稀里糊涂，为恐惧困扰一辈子；二、听点花言巧语，比如长生不老、今生来世的故事，碰碰运气，看能否把自己说服了；三、做点放纵的、容易上瘾的事，及时行乐，看看能否把自己麻醉了；四、真的勇士，"敢于直面惨淡的人生"。

这四途，并无绝对的对错。但我愿意选择第四种办法。人生终究惨淡，再绚烂的开始，结局也无非空无。这句话颓废吗？不，让该来的来，该去的去，该面对的面对，该解决的解决，该放下的放下，这才是洒脱、勇敢的姿态。先秦两汉的墓葬随葬很多的东西，吃喝拉撒、引导亡魂上天入地的，一应俱全。而南宋理学家的墓穴里头，空空如也，除了几件生前习用的文房用品、随身衣物。如果你认为先秦比南宋生活丰富、文化昌明，那就错了，这说明南宋人面对死亡，可能更加理性——这才是相对文明的社会。

五

2012年，因为南宋徐谓礼墓的发掘，我常去金华武义县。这座墓因为出土徐谓礼文书而轰动一时。在考古现场，面对开敞的墓穴，我与朋友们不免要讨论徐谓礼的生前身后事。有位朋友说，他对死亡很恐惧，一想到自己将来躺进冰冷的墓穴，如眼前的徐谓礼一般千疮白孔，就很害怕。

我很欣赏他的坦诚。我问："你对考古有兴趣吗？"他答："没兴趣。"

我说："很好，考古是研究古人的，说的尽是些在我们出生很久以前的事。你对此不感兴趣，说明你并不为自己的生前担心，同理，我们也不必为自己的身后忧虑。生前与身后，是对称的两端，对有限的人生而言，是一样的。"

他骂我胡说。我说，这是智慧。

又过几个月，我们再次见面，他承认我的说法有道理。

生命就是一段旅行，曲折丰富、悲欣交集的旅行，沿途到处有瑰丽而无奈的风景。而人生的意义，就在于观看沿途之风景，体验观赏的充实，领悟人生的真谛。人就是趁活着的时候，做点事情，体验人生。

鸣谢

我想把各位师友的名字记在这边，因为他们的鼓励和帮助，才有今天的这本小书。他们是：

李玲芝、韩斌、周华诚、邹滢颖、潘宁、李月红、马黎、李晖达（杭州）；楼泽鸣（萧山）；吴志标、梁晓华（丽水）；傅毅强、邵路程（武义）；徐三见（临海）；陈贤宝（温州龙湾）；周建初（海宁）；钱银屏、张晓晨（金华）；李文艺（陕西扶风）；吴学功（陕西临潼）；黄琳、饶佳荣（上海）。

谢谢大家。

郑嘉励识